二分の一になった俺

はたちで両足を失った男の自叙伝

須藤義之

目次

プロローグ

私の名前は、須藤義之。現在六十歳、還暦を迎えた壮年である。三人の子どもたちは、すでに社会人として働いており、子育ても終わっている。幸いにも三人の子どもたちは、こんな父親を、誇りに思ってくれている。還暦とは、新たなスタートを意味するが、実はこんな私にも、新しき夢がある。それは、過去に全国二百五十か所以上で、五万人以上の方々へ、自らの体験を語り、生命尊厳と勇気と希望と感動を伝える講演会を行なってきた。今度は、定年退職を機会に、世界へ語りにいきたいと大きな夢を描いている。なぜ、そんな大きな夢を持つのか。それは、この真実の物語をご一読いただければ、賛同してもらえると思います。

私は、昭和三十四年十二月十四日、北海道で誕生した。小さな頃より走るのが速くて、いつも運動会、体育祭などでは、リレーの選手であった。

そして、野球が大好きで、将来は、プロ野球の選手を夢見ていた。人を笑わせるのが好きで負けず嫌い。負けると悔しくて、すぐに涙を流すというような幼少時代を過ごした。

九歳の頃、父親の仕事の都合で、北海道から神奈川県の川崎市へ引っ越してきた。そして、そこで青春時代を過ごし、現在も暮らしている。もちろん、小学校の時から、子ども会の野球部に入部して、キャッチャーで三番バッターとして活躍する。

中学へ進むと、また野球部へ入り、今度はファーストで二番バッターとして、川崎市の大会などで優勝したこともあった。決勝戦では二塁打を放ち、新聞にも名前が載った。中学二年の時、映画「燃えよドラゴン」に感動して、空手の道場に通いはじめた。

野球部の練習が終わると、疲れた身体で、午後七時、道場へ足を運ぶ。道場では、型の練習よりも、自由組み手のほうが好きだった。夜九時過ぎ、本当に疲れ切った身体で、帰宅するのが、週に三日はあった。

また、フォークソングが流行すると、姉のギターを自分のものにして練習し、弾き語りができるまでになる。野球部引退後、ギター仲間と唄い合った。その時、私は、こんなことも言った。

「俺は、高校に行ったら野球部に入らない」

「じゃ、ドッスン（私の綽名）、どうするんだよ」

と友人。

「俺、シンガーソングライターになるよ」

この中学の頃、私は好奇心も旺盛だったせいか、何でも経験してみようと思っていたのである。学校で万引きが流行ると、自然に仲間に、入っていった時もあった。

高校に進むと、結局、野球部に在籍して、ファーストで三番バッターと頑張った。二年生の途中より監督に、ピッチャーにコンバートされ、最後の夏は、背番号一を背負ったエースとして終えたのである。

高校生となった時、

「あれも、これも、やってみたかったという後悔より、いろいろ失敗したが俺は頑張った」

そんな経験からの実感で人生を決めたいと「人生経験主義」を胸に秘め、いいことも悪いことも、ガムシャラに取り組んでいった。

酒、煙草、ナンパ、宴会、シンナー、トルエンなどなど。しかし、私は、暴走族の集会には、顔を出したことがない。なぜなら、単車の免許証を持っていなかったからだ。また、取得する時間もなかった。まあ、そんな友人のナナハン（七百五十ccのオートバイ）の後部座席に跨って、街を走ってはいた。

そして、さらに野球へも情熱を燃やした。こんなことがあった。

翌日の日曜日に、練習試合が組まれているのに、土曜日、友人と酒を飲みに出かけてしまう。もちろん、練習試合には、二日酔いで頭を抱えながら臨んでいた。

そんな私がピッチャーでは、当然、試合に勝てるわけがない。その日の練習試合は、完敗だったと記憶する。きっと、元気のいい少年なら、誰でも経験するような少年時代を、過ごしたのだと思う。そして、私は、将来の夢へ向かって、高校を卒業していったのである。

挫折

私は一生、人に使われて働くよりも、男として自分の仕事がしたいという想いが強かった。それは、単なるわがままなのかもしれないが……。だから、高校を卒業した私は、将来の独立を夢見て、池尻大橋にある調理師専門学校へと進学した。そこでの夏季休暇。学校の実習で二十日間、ホテルに泊まり込んで働いてくる必要があった。私たち同級生五人は葉山のホテルで、実習することに決めた。なぜなら、そのホテルは、プールサイドで、よくコンサートが催されるからだ。もしかしたら、芸能人に会えるかも……。

昭和五十三年八月八日。

私たち五人は、葉山のホテルへ乗り込んでいった。調理場に通されると、奥が洋食、手前が中華の調理場になっていた。私は、はじめ中華を手伝うことになり、

「よろしくお願いします」

の声に、二十日間の実習が開始された。

夜、レストランがたくさんのお客で賑わう時、まさに調理場は戦場だった。大声が飛び交った。

「おお、銀皿が出てねえぞー」

「はいっ！　今、出します」

「早くしろよ！　間に合わねえぞ」

「はいっ！　すみません」

などなど、全員が必死に動き回った。だから、あっという間に時間が過ぎた。働き出してから五日目、仕事が終わると寮で、私たちの歓迎会が開かれることになった。

午後十一時過ぎ、「乾杯」の声で、みんな、一斉にグラスを空けた。先輩たちが、調理場で造った料理を食べながら、大いに飲んだ（当時、十八歳だったが、あまり深く考えないでください）。深夜十二時を過ぎた頃、同級生の一人、本木君が、その部屋からいなくなった。

「あれ、あいつ、どこ行ったんだろう？」

そう思った私は、部屋の窓を開け外を見回した。すると、本木君は、自宅から乗ってきたオートバイのエンジンをかけようとしていたのだ。私たちは、かなり酔っていたと思う。彼が今、オートバイに乗ったら、絶対に事故を起こすと考えた私は、その場を立ち上がった。

「俺、ちょっと、止めにいってくる」

私は階段を降りて、外にいる本木君のところまで、駆け寄った。

「本木、おまえ、酔ってて大丈夫かよ?」

「ああ、俺、全然酔ってないよ。大丈夫、大丈夫」

彼の答えに、すっかり、私もその気になってしまったのだ。

「よし、俺も、一緒に行く」

それから、部屋の同級生に、ヘルメットを投げてもらい、私が後部座席にまたがると、オートバイが走り出した。私たちは、そこから逗子海岸へ出て、その真っ暗な海で泳いだのである。きっと、酔いを覚ますために、頭を冷やそうとしたのだ。どれくらい泳いだかはわからないが、そろそろ帰ろうか、と私たちはオートバイに乗った。

実は、私の記憶はここまでである。目を覚ました時には、病院のベッドにいた。その周りには、父親と姉、叔母夫婦の顔が見えた。

「なんで、親父さん、ここにいるの？」

それが、はじめて言った私の言葉だった。

「おまえ、交通事故やったんだよ」

「えっ」

と言ったきり、しばらく自分の置かれた状況がまったくわからずにいた。左手を見ると、指が見えないほど包帯が巻かれていた。右手は、五本の指は見えたが、手の甲から肘まで包帯であった。それから父親が、その交通事故を話してくれたのである。

その事故とは、昭和五十三年八月十三日の深夜に起きた。私たちは、帰ろうとオートバイに乗ったのだが、ホテルの寮とは、反対方向へ走っていったのだ。そして、湘南道路へ入り、江の島の方向へと向かった。長いトンネルを、百二十キロのスピードで暴走していった。

トンネルを抜けると、左へのカーブだった。私たちのオートバイは曲がり切れず、反対車線へと飛び出したのである。そして、対向車線を走ってきた三台の対向車の二台目と、正面衝突してしまった。後ろに乗っていた私は、一八・五メートル空中を舞い上がって、道路に叩きつけられた。運転手の本木君も、片足の筋肉をえぐり取られながら、十二メートル飛んで、アスファルトを血で染めた。

救急車とパトカーが、駆けつけた時、最初は死亡事故扱いとされたようだ。それから、本木君は、二時間かけて大船の病院へ。私は、二時間半かかって戸塚の病院へと運ばれた。

あとで聞いた話だが、私は救急車の中で、ずいぶんと騒いだみたいなのだ。父親の、そんな話を聞いても、その事故が、はじめは信じられなかった。

しばらくして、尿を催したので、トイレに行くため、立ち上がろうとした。

「俺、ちょっと、トイレ行ってくるわ」

あわてて、周りの人間が止めた。

「おまえ、足骨折してるんだから、歩けるわけないだろ」

私は、首を起こして、足のほうを見てみた。すると、右足には、付け根から当て木が添えられ、しっかり包帯で締められていた。

自分の状態を理解した時、愕然とした。だけれど、トイレには行きたい。すぐに、叔母が看護婦さん（当時の呼称を使用）を呼んでくれた。若い看護婦さんは尿瓶を片手に現れ、私の局部の先を尿瓶の口に入れると、

「はい、いいですよ」と言った。

赤児の時は別として、寝ながら排尿などしたことがない。ましてや排尿の瞬間を、若い看護婦さんに見られるなんて恥ずかしいと思ったが、もう我慢などできず、その尿瓶に向かって、排尿してしまったのだ。恥ずかしかった。虚しかった。そして、悲しくもなった。

少し遅れて母親も病院に駆けつけたが、あまりにも大きな怪我に、ただ驚くばかりであった。

私も自身の現実を、やっと認めはじめたのである。それは、自ら何もできないという事実だった。ただ、ベッドの上で寝ているしかないのだ。食事も、排泄も、全部、人にやってもらわなければできないのだ。十八歳の私は、一気に落ち込んでしまった。この日から、母は勤める川崎の病院を休み、付き添うことになったのである。実は、母は、病院で患者さんの食事を調理する仕事をしていた。

両手と右足に、「ズキズキ」と激痛を感じたが、耐えるしかなかった。その中でやっと、私は事故を振り返り、考えはじめたのである。

（俺は、確か本木が事故に遭わないために、止めにいったはずだったのに。なんで、事故に

遭っているんだ……。そうだ、本木は、どうしたんだろう）

「親父さん、本木は？　本木は、どうした？」

「ああ、本木君は、大船の病院へ運ばれた」

「どんな怪我したの」

「まだ、何もわからない」

その後、本木君の兄が見舞いにきてくれ、彼の容体を知ることができた。もしかしたら、「片足を切断するかもしれません」と言われた。私の怪我は、左手の甲の骨四本、右手親指の付け根の関節、そして、右足が五か所と計十か所の粉砕骨折だった。粉砕とは、粉となって骨が飛び散っているのだ。さらに、左手の甲は切り裂けて、全身はすり傷だらけであった。

治療を担当した医師が、左右の手のガーゼ交換にきた時、はじめて左手の傷を見た。手は真っ黒で、グローブのように腫れ上がっていたが、指は、ちゃんと付いていた。

二十センチほど、切り裂かれた左手の甲が縫いあわされて、傷の二か所から、管が出ていた。何か透明な液を流し込むのだ。両手、右足が「ズキズキ」痛み、全身が「ヒリヒリ」と熱かった。

事故後、最初の日曜日、知人、友人が、事故の知らせを聞きつけ、病院に駆けつけてくれた。恥ずかしがり屋の私は、人に、自分の弱いところを知られるのが嫌である。もしかしたら「負けず嫌い」、「見栄っ張り」とも言えるのかもしれないが……。

だから、身体の痛みを我慢しながら、笑顔で明るく応対していた。

「ああ、やっちまったよ。全部で十か所だってよ。まいった、まいった」

しかし、その日も夕方となり、見舞客が途絶えると、ベッドの上で、悶々と考え込んだ。

（なんで、なんで、こうなってしまったんだ。俺は、こうならないために、止めにいったはずなのに……。これも運命というのか）

私は、自分の気持ちと、まったく正反対の運命としか言いようのない厳しい現実を、認めざるを得なかった。

事故から一週間、食事は三食、母親に食べさせてもらっていたが、まだ、大便を排泄していなかった。腹が「パンパン」に張って、これ以上食べれば出てしまいそうで、少しの量しか口に入れられなくなった。この間、二回ほど、便器を尻に当ててもらって試みたが、寝たまま排便などしたことがない私。だから、まったく出すことができなかった。出そうで出ない。しかし、腹は減る。すっかり困った私は、とうとう看護婦さんに相談したのである。答えは、すぐに出された。

「それじゃ、須藤さん、浣腸しましょう」

「えっ、浣腸っすか」

初体験ではあったが、「イヤ」とは言えなかった。看護婦さんが詰所から戻ると、一人は、針のついてない太い注射器を持っていた。もう一人は、便器を手にしながら、浣腸の用意を始めた。

「それじゃ、須藤さん、左足を上げますよ」

一人の看護婦さんが、寝ている私の左足を上にあげた。私の肛門を見ているのだろう。恥ずかしかったが、どうすることもできない。

「じゃ、須藤さん、いきますよ」

「はい……」

注射器の先が、肛門の中に入れられると、今度は、透明な液体を腸の中へ注入された。注射器を抜かれると、もちろん、ゴム手袋を着けているのだろうが、指で肛門を押さえられた。

「須藤さん、まだ、我慢して。薬が腸の中へ広がるまで、少し我慢してね」

少しの間、時間が流れると、

「はい、いいわよ」

そう言った看護婦さんが、押さえていた指を肛門から離した。すると、尻の下へ当てていた便器に、一週間分の大便が排出されたのだ。青春真っ只中の十八歳にしては、あまりにも、惨めに思えてしようがなかった。

二週間が過ぎた頃、激痛から少し解放された。この時、両親は知り合いの人に、転院を勧められていたようだ。その人は、ちょうど、この病院の近くに勤めていて、この病院の評判が、あまりよくないことを聞いていたらしい。

話し合った末、両親は、母が川崎の病院に勤めている都合もあり、そこへ転院したい旨を、担当医に相談した。結果、一週間後に転院することになったのである。

その一日前、私は、再度、レントゲン室へ運ばれた。新しい病院への資料として撮影するらしい。両手と右足のレントゲン写真を撮られた私は、しばらく、その場で待たされた。

看護婦さんたちが、入ってくると、私の寝ているストレッチャー（タイヤ付のベッド）を押してレントゲン室を出た。

私は、てっきり部屋に帰るのかと思ったが、違う方向へ運ばれていったのである。そこは、手術室だった。なぜか、手術台に寝かされてしまったのだ。

担当医師が、現れると私に告げた。

「大腿骨も骨折してましたので、これから、馬蹄牽引をします」

(何だって、大腿骨も。……これじゃ、全部で十一か所の骨折じゃねえか)

私は、心の中でそう思っていた。右足の太股に、麻酔の注射が、数か所打たれた。しばらくすると、右側から太股に、直径一ミリくらいの金属製の棒が刺し込まれた。

「いてぇ、いてぇー、いててぇ」

私は、思わず叫んでいた。大腿骨の位置を確認すると、棒が回転を始めた。筋肉の中の棒の先端が、大腿骨を突き抜けていった。

「おおお、いてぇー、いてぇー、いてぇーよ」

首を起こして右足の太股を見た。金属製の棒が、太股を貫通していたのである。私はその現実を茫然と見つめるしかなかった。部屋に帰ると、右太股の両端に出ている金属製の棒に、馬蹄、つまりUの字をした金属が取り付けられた。Uの字の先には、ひもがついていて、そのひもをベッドの足元の滑車に通すと、重りが吊るされた。足が「ぐうっ」と引っ張られていった。すると、また激痛を感じ出したのだ。

（まいった。ちくしょう、痛えよ）

付き添いの母も、目の前の現実に、ただ、目を丸くして驚くばかりであった。その結果、転院は一週間、延期となったのである。

右足の神経が圧迫されて、「ズキズキ」と痛みが走った。耐えられない痛さだ。私は、母に右足を、「うちわ」で扇いでくれるように頼んだ。風が当たると、少し寝ることができた。ところが、三十分もたたないうちに、また激痛で目が覚めてしまい、再び扇いでもらった。

私は苦しみの中で、（なんで、こうなっちまったんだ）と、後悔しかできなかった。

それから一週間後、私は、叔父の運転するワゴン車に乗って転院したのだが、これが激痛の中での大騒ぎだった。

私の悲鳴に、同部屋の付き添いの婦人や看護婦さんたちが、みんな泣いた。なぜ、そんな痛い思いをしてまで転院するのか、と。

川崎の母の勤める病院で診察を受けると、整形外科の浅田先生は、再手術と判断した。なぜなら、骨折した骨の治療がされてなかったのだ。その手術は、一週間後と決まった。

その後、二号室の個室に運ばれた。そして、母は、翌日からこの病院へと職場復帰していった。

地元に帰ってきたこともあり、友人たちが、片岡病院の二号室を、入れ替わり訪ねてくれた。そのため、たった一人の個室でも暇ではなかった。むしろ、痛みに耐えていると、友人が顔を見せてくれて気が紛れた。本当にありがたかった。手術の予定は、最初に右足。さらに、その一週間後に両手をやることになっていた。

手術当日。私は手術台の上に乗せられ、腰椎麻酔のために、背骨に注射針を刺された。「ズキッ」と痛みはあったが、我慢はできた。しばらく待ってから、執刀医の浅田医師が、下半身に針を刺してから聞いてきた。

「どうだい、須藤君、痛くないかい」

「はい、大丈夫です」

私の声を確認した浅田医師が、声を出した。

「よし、それでは、手術を始めましょう」

「はい」

看護婦さんたちの返事だった。右足太股を貫通していた、金属製の棒が抜かれたようだった。次に、太股の右側からメスが入ったのだが、この瞬間、私は悲鳴を上げた。

「いててて ぇ。いてぇ、いてぇ、いてててぇ」

「あれ、おかしいな。まだ、麻酔が効いていないのか?」

そこで、手術は止まった。完全に麻酔が効くまで待った。再開させると、また、悲鳴。首を傾げた医師が、もう一回、麻酔を打った。再開。悲鳴。

私は、大きな声を出しながら、ただ、後悔をしていたのだ。それは、「シンナー、トルエン」遊びをしていたことである。後悔、先に立たずというのだろう。私はその結果に、今思いっきり苦しんだのだ。そんな中、浅田医師が、

「しょうがない。……を打とう」と言った。

私は何と言ったのか聞き取れなかったが、看護婦さんたちの声に、緊張感が走ったようだ。

「あっ、はい」

私は、その注射を腕に打たれると、それっきり記憶を失ったのだ。きっと、静脈麻酔だったのだろう。

手術終了後、私は、

「須藤君、須藤君」と起こされた。目を開けると、

「今、手術が、終わったからね。よく頑張ったね」と言われ、レントゲン写真を見せられた。

大腿骨に、プレートが当てられ、ボルト四本で、しっかりと固定されていた。

二号室のベッドに帰った私は、それからの三日間、眠り続けたという。だから、麻酔の切れたあとの痛みは、感ずることはなかった。目を覚ました時、頭は、限りなく茫然としていた。その一週間後に、両手の手術がある。私は、すっかり、恐怖に怯えてしまった。

（また、麻酔が効かないんだろうな。まいったなあ）

いよいよ、手術の一日前、あまりの心労で発熱してしまい、手術は、延期となってしまった。さらに一週間後、もう逃げられなかった。手術台の上で、脇の下に麻酔が打たれた。と

ころが、この手術では麻酔が効いたのだ。本当に嬉しかった。左手甲の骨、四本がバラバラになっている。しかも、事故後一か月。骨は固まりかけていた。それを剥がしながら整形していった。右手も無事手術が終わり、病室に運ばれたのだ。

麻酔が効いた今回は、麻酔が切れたあとの激痛に悩まされた。眠りについても、あまりの痛さで、三十分ほどで目が覚めてしまう。また、痛み止めの注射を打ってもらう。その繰り返しだった。歯を食いしばって耐えるしかなかった。その激痛は、三日間も続いたのだ。当時の十八歳の私にとって、あまりにも、衝撃的な二か月であった。両手には、肘から、ずっとギブスが巻かれていて、右足にも、腰からスネまでが、ギブスだった。

（この傷は、元どおりに治るのだろうか）

不安で、いっぱいだった。この頃、私は、本木君が片足を切断した事実を、友人から聞かされた。何とも言えぬ悲しさに、包まれた。痛みがなくなった時、やっと、落ち着いた気持ちで、事故を振り返ることができた。

（自分の思いとは、まったく正反対の現実、これが、運命というのだろうか。だけど、運命という言葉で片付けてしまうのは悔しい。それは、諦めになる。そんなのいやだ）

悶々と時が流れていった。手術の傷が治ってからは、ギブスから出ている指が動かせるようになっていく。だから、本が読めるようになったのだ。日中、一人の時は、友人たちが持ってきてくれた本を読んで過ごした。もちろん、食事と排泄は、まだ人の世話になっていたのだが……。

連日、友人たちが見舞いにきてくれた。そんな中、私は、先輩の岸田さんが持ってきてくれた、『栄光の岸壁』（新田次郎著）という本を、夢中になって読んでいた。その主人公は、冬山で遭難して、両足の甲を切断する。しかし、山が好きなため、不屈の闘魂を燃やし、次々と大きな山を登頂していく物語だった。私と主人公が共鳴し合ったのだ。

だから、（俺も負けないで頑張ろう）と。

ずっと後年になるが、『栄光の岸壁』のモデルとなった実在の芳野満彦氏が、新聞で紹介されている記事を見た。高齢の芳野氏は、脳梗塞を罹患し左半身麻痺の容体だった。ところが、まだ動く右手で、自らが訪れた山々の絵を描いて、個展まで開催していた。私に、勇気と希望を与えた主人公は、どんな状況下でも常に前向きに生きていることを知り、また、勇気を与えられたことを記憶している。

さらに、もう一冊、先輩の堀米さんが持ってきたカール・グスタフ・ユングの深層心理学が、私に大きな影響を与えた。その本は、深層心理（意識）について探求したものだった。そして、全部で九の意識を発見したのである。「眼識」（目で見て感じる意識）、「鼻識」（臭いを嗅いで感じる意識）、「耳識」（音を聞いて感じる意識）、「舌識」（味わって感じる意識）、「身識」（身体全体で感じる意識）、「意識」（以上五つの意識で感じたことに本能的に反応する意識）、「自我」（自らの知恵と知識で思慮して反応する意識、個性）、次にユングは八番目の意識、「集合」を発見したことで世界三大発見者となる。ちなみに、あと二人は、ガリレオ（地動説）とニュートン（万有引力の法則）であるらしい。

「集合」とは、自身の存在、夫婦、家族、兄弟、姉妹、親戚、友人知人、学校、仕事、住居と生活のすべてが、この「集合」によって決まっていると言うのだ。この「集合」に、自身の運命がインプットされている。つまり、自分を取り巻く環境は、自らの内面を映し出している鏡ということになる。

ユングは、この「集合」を発見した時、やはり、彼の親と同じように精神分裂病になる。ところが、彼は、運命だからしようがないと諦めなかった。ユングとその弟子たちは、さらに深層心理を探求して、ついに九番目となる究極の深層意識を発見する。これには「セルフ」と名前を付けた。この「セルフ」は、「集合」で決まっている運命をも転換する、宇宙大のパワーがある意識だった。ユングは、「セルフ」を発見し、自覚することで、みごとに精神分裂を克服している。

私は、その本を読み終えた時、自らの過去を振り返り、運命について考えてみた。すると、思い出したのは、私が生まれる前に、兄の義典が北海道在住時、冬にソリ遊びをしていて、凍りかけた川に突っ込んで即死していたことだった。さらに父親は、オートバイの交通事故で、首を半分切り裂いている。二十六針の縫合手術で、奇跡的に命は取りとめていた。そして、自分のオートバイの事故まで振り返った時、私は愕然として、ギブスで固められた身体が、ガクガクと震え出してしまった。

(ええっ！　我が家の男たちは、横死！　事故で死んでいく運命にあるのか。すでに、兄貴は死んでしまっているが……)

私は、そう気付くと頭の中が真っ白になり、ベッドの上でガタガタと震えているだけだった。どれほど時間が過ぎたかまったくわからないが、私は、やっと自らを取り戻し、ゆっくりと想いを巡らしはじめた。

（恐ろしい運命だ。俺は、若くして横死する傾向性が、八番目の「集合」に埋め込まれているんだ……。もう、無茶苦茶なことなんてできない。しっかり、真面目に生きていかなければならない。だって、まだ、死にたくないもん）

病室の天井に、じっと目を凝らした。

（ユングは、九番目の、運命をも転換する「セルフ」という深層意識があると言っている。結局、運命を変えるのも自分自身なのか。そんな「セルフ」なんか、本当にあるんだろうか。自分の心の中を見ても、「セルフ」が、いったいどこにあるのか、まったくわからねえよ……。とにかく……、もう、無茶苦茶はやめよう）

十一月末、両手のギブスが取り外されると、手は骨と皮になっていた。それを見た私は、変わり果てた自らの手に、ただ驚くばかりであった。理学療法士の本庄先生に、拳が握れるように曲げられた。ここで、また、私は、

「いてぇ、いてぇ」の悲鳴だった。

第一関節と第二関節は曲がるが、第三関節はまったく曲がらなかった。右手は、親指付け

根の関節が固定されていた。関節が、砕け散っていたためである。

翌年、右足のギブスが取られると、私は久しぶりに、足の裏を床につけてみた。足が「ぶるぶる」震えた。まだ、完全に大腿骨は固まってなかったが、膝関節も骨折しているため、膝を曲げるリハビリも開始された。ベッドにうつ伏せに寝ると、理学療法士が右足の膝を曲げた。また大声の悲鳴だった。最初は、松葉杖で歩いていた私も、月日がたつにしたがって、片杖で歩行可能となっていった。

昭和五十四年三月、一時退院して、自宅から片杖歩行で通院することになった。歩くことが、そのままリハビリ訓練になるということだ。私はゆっくりと、三十分かけて病院へと通った。そして病院では、本庄先生に右足を曲げられ、大きな悲鳴を上げて、また自宅へと帰っていった。モーレツに膝が痛かった。

一か月後、足のレントゲン写真が撮影された。診察室で、そのフィルムを見せられた私は、愕然としてしまう。大腿骨が、プレートごと、曲がっていたのである。もう歩けない、と思った。ところが、担当医の浅田医師は、

「んー、少し曲がったな。大丈夫だよ、これくらいなら、ちゃんと歩けるよ」

と言ったが、私には、とても信じられなかった。

「よし、再手術して、もう一枚、プレートを入れて固定しよう」

医師の言葉に、私は、すっかり落ち込んでしまった。

（また、手術かよ）

しかし、その手術には、しっかり麻酔も効いて、無事終えることができたのである。右の大腿骨は、二枚のプレートとボルト八本で、固定されていた。傷が癒えると、また、右足を「ぐいぐい」と曲げられた。

六月になるとすぐに、伊豆の稲取にある、日大医学部の病院へ転院した。ここは、温泉に入りながらリハビリ訓練ができる病院で、私の最終的な治療だったのである。ここで、私は三か月過ごし、結果的に、右足が九十度までしか曲がらず、左手は拳が握れなくなり、右手親指の付け根が固定され、手を平に開けない障害を残し退院した。事故より一年と半月が過ぎた、八月末であった。そして、九月から、運転手の本木君と一緒に、調理師専門学校へ復学したのである。本木君は、片足膝下が義足だったため、学校の近くにアパートを借りて、通学した。私は、朝、彼のアパートに寄ってから学校へ通うようになった。また、学校を終えると、そのアパートに寄って、友人たちと、酒を酌み交わした。

同期で入学した仲間は、すでに卒業し、社会の第一線で働いていた。私と本木君は、一年遅れてしまったが、また、新たな気持で、復学を果たしたのである。まあ、学校側にしてみれば、こんな不良学生の復学は、迷惑だったかもしれない。私たちの事故があって以来、葉山のホテルからは、実習の受け入れや、調理師の募集が来なくなったという。

しかし、私は、一年前の自分とは違うと思っていた。なぜならこの交通事故で、私は、自らの深層意識にインプットされた運命（横死）の傾向性を、思い知らされたのである。

だから、

（もう、人生経験主義は終わりにして、無茶苦茶な生き方を改めよう）

そう心に決めていたのだ。私は、本木君と出会い、さらに、この交通事故を通して、自らの生き方を、変えることができたように思った。

目覚め

昭和五十五年、調理師専門学校を卒業した私は、四月より、我が家のある南武線・武蔵新城から、二つ目、武蔵小杉にある結婚式場、小杉会館に勤め出した。ところが、会社から、一年間、厚木店勤務の辞令を受けていた。それには、理由があった。

ちょうど、本店・洋食のコックの人数が、一杯だったため、会社から一年間、和食をやらないかとの話があったのだ。一年後には、新館のホテルがオープンするので、洋食に回ってもらうと言われた。

しかし、三十二歳には独立を考えていた私のビジョンには、一年間和食をやる考えはなかった。ましてや専門学校時代に、一年間遅れているのだから……。

きっぱり断った結果が、厚木店勤務となったのである。小田急線、本厚木の駅前にあった。通勤時間には、一時間半を要した。夜十一時に仕事を終え、川崎の自宅に着くのは、深夜十二時三十分を過ぎていた。はじめは、辛いと思ったが、一年間の辛抱と自らを激励した。また、一つひとつ、料理を覚えていくことが、一歩一歩、独立へ近づいていると思うと、なぜか、充実感を味わえたのだ。

いつも、調理場では、午後十時四十分頃から夜食となる。自分たちで、肉を焼いて料理を造り、ビールを飲みながら食べるのだ。

そして、午後十一時過ぎ、タイムカードを押して帰路に着いた。入社三か月が過ぎた頃から、退社後、先輩たちに飲みに誘われた。私は、飲んで大いに騒ぐ宴会が好きであった。その日、仕事を終え、誘われるままに本厚木の街へとくり出していった。もちろん、最終電車は、すぐになくなり、朝まで飲んで頭を抱えながら、出勤していた。

私は走り出すと、止まらなくなってしまう傾向なのか、あの「人生経験主義」を打ち切ったほど、自らの運命（若くして横死）を思い知らされたはずなのに、目の前の現実に流されてしまったのである。入社して五か月が過ぎた頃には、一週間も飲み歩いて、自宅に帰らない私の姿があった。久しぶりに、家に帰った時、父親に言われたことがある。

「義之、おまえ、真面目にしっかりやらないと、また、同じことを繰り返すぞ」

「ああ、わかってるよ。最近、このままじゃ、まずいなと思ってるよ」

と答えたはずだったが、現実は変わらなかったようだ。

昭和五十五年十月中旬、私は、深い眠りから目を覚ました。

（あれ、ここは、いったい、どこなんだろう？）

それが、私の最初の想いだった。部屋の入り口の向こうに、看護婦さんの姿を見かけ、はじめて病院であることを知った。しかし、なぜ、入院しているのか、その理由が、まったくわからなかった。

（胃潰瘍の手術でも、したんだろうか。けっこう飲み歩いていたからな）

しばらくして、部屋に母が来たので、その疑問を投げかけてみた。

「母さん、俺さ、さっき目を覚ましたんだけど、なんで入院なんかしてるの？」

「あれ、おまえ、正気になったのかい？」

母の反応だった。それを不思議に思いながら、聞き返した。

「俺さ、なんで入院してるの？」

少しの間があってから、母の口が開いた。

「また、交通事故をやったんだよ」

私は、この言葉を聞いて、愕然とした。

「えっ、また、やったのかい」

本当に情けなくて、申し訳なかった。私は、しばらく次の言葉が見つからず、二人の間に沈黙が続いたと思う。どれくらい、時が過ぎたかわからないが、小さな声で聞いた。

「それで、どんな……事故やったの?」

その交通事故は、このように起きていた。

昭和五十五年九月八日、この日、伊藤ゆかりのディナーショーがあった。一通りの料理が仕上げられると、私と先輩の竹谷剛史さんが、早番で上がっていいとチーフに言われた。午後八時三十分過ぎ、私と竹谷さんは、会社を出るためエレベーターに乗ったのだ。

会社を出た二人は、いつものパブ「シャレイド」に酒を飲みにいく。その店が終わると、今度はパブの女の子、二人と待ち合わせて、ディスコ(現在は、クラブと言うのかもしれない)へ踊りにいった。楽しく踊るはずだった。ところが、そこで、大喧嘩をしてしまったらしい。カッカした私たちは、先輩の運転するアメリカ車、ムスタングに乗って、会社の寮がある鶴巻温泉へ向かって、国道二四六号線を走っていた。女の子二人も、そこに自宅があるため同乗して、もちろん、四人とも、アルコールの入った身体であった。

夜中の二時過ぎ、国道二四六号線は、大型トラックしか走らない。私たちの乗った真っ白なムスタングは、前を走る大型トラックを追い越した。対向車線に飛び出したムスタングは、前から来た大型ダンプカーと正面衝突して、爆発したようなものすごい音を響かせた。さらに、追い越したトラックに追突され、また、前方へ押し出されたムスタングは、三台目の大型トラックと衝突して止まった。燃料タンクに引火した車は、炎を吹き出した。すぐに、救急車とパトカーと消防車まで駆けつけた。間もなく、車の炎は消されたが、すでに、ムスタングは車の形をしていなかった。

レスキュー隊によって、車の中の人間を、外に出す作業が始められた。そこには、先輩と二人の女性がいたが、彼女たちは、すでに息が絶えていたのである。そして、先輩はかすかに息があり、すぐ近くの東海大学病院へ運ばれた。事故の処置が、終わりに近づき、太陽が東の空へ昇りはじめた頃、トラックの運転手が叫んだ。

「おーい、こっちにも、一人、ぶら下がっているぞ」

私は、追突した大型トラックの後輪に引っかかり、七十メートルも、引き摺られていた。救急隊員が、そこまで行ってみると、すでに、足の形は、なくなっていたが、まだ、息があることを確認されると、私もまた、東海大学病院へ運ばれた。鉄の残骸となったムスタングが、国道の路肩に寄せられると、いつもと変わることなく車が、往来しはじめた。しかし、そのムスタングには、花束が供えられていたという。

九月九日、早朝。伊勢原警察署から、事故の知らせを受けた両親と姉は、「両足切断」との言葉に、愕然としたという。両親は、姉を自宅に待機させて、隣りに住む、親類以上に互いを知り尽くしている野上ご夫妻と四人で、伊勢原市の東海大学病院へ向かった。両親たちが病院へ着いた時には、私は、まだ手術中で、やっと面会ができるようになったのは、夕方五時過ぎであった。その間に、テレビ、新聞などで、私の事故を知った友人、知人が、五人も病院に駆けつけてくれた。その中に、オートバイで、一緒に事故をやった本木君の姿もあった。面会の知らせを受けた九人は、集中治療室で、担当医の野口医師よりこんな話を聞いたという。

「息子さんの容体ですが、両足は、大腿部より下が、外傷によって挫滅しておりましたので、切断術を行ないました」

これは、みんな、警察からの知らせや新聞などで知っていたので、冷静な返事ができた。そして、野口医師は話を続けた。

「実は、頭蓋骨が骨折しており、脳挫傷になっております。大変に申し上げにくいのですが、命の保証はまったくできません。この三日間が峠になると思います。もし、三日たって命がありましても、頭は手術しなければなりません。よくても植物状態となります。お知らせするところには、知らせたほうがいいと思います」

非情な宣告であった。集中治療室の看護婦さんの指示で、はじめ両親から、二人ずつの面会となったようだ。私の姿が両親の目に映った時、すでに両足はなく、頭だけが、タコのように腫れ上がっていて、母親はその場に倒れ伏してしまった。側にいた看護婦さんが、支え起こしたが、ただ、涙だけが流れ落ち、声など出せなかったという。父親も、変わり果てた私の姿に、

「どうせ、植物人間なら、このまま死んでもらいたい」

そんな思いしか、出てこなかったと聞いた。他の七人も同様に、

「こんな姿で生き残っても、本人が可哀想だ」

という思いであったという。完全看護態勢の大学病院では、家族が、患者に付き添うことはできない。面会時間の終了までに、病院を出なければならない。

父は、自宅で待機する姉に電話を入れ、私の容体と帰路に着くことを告げ、最後に、家の中を掃除しておくように言って、受話器を置いたそうだ。父の最後の言葉は、葬式の準備を意味していたのかもしれない。

川崎・武蔵新城の自宅に帰ると、そこには、たくさんの人たちが、駆けつけていたのだ。父が、みんなに、医師からの言葉をそのまま伝えると、一瞬、「シーン」と静まり返ったという。しかし、みんなの励ましで、そんな息子でも生きてもらいたいと思うようになったのである。本当に人の励ましとは、ありがたいと両親が言っていた。

翌日から、私の両親の病院通いが始まった。父は、大変に真面目な男で、入社以来、無遅刻、無欠勤はもちろん、仕事ぶりから会社の信頼を受けていた。この時も、有給休暇が二か月近くあったと聞く。

小田急線伊勢原駅から乗ったバスが、東海大学病院に近づき、その十一階建てのビルが目に映った時、私の両親は、心の中で祈るしかなかったという。

「義之、どうか、死なないでくれ」と。

集中治療室の面会は、一日二回で、それも五分間だけである。その日、まだ、しっかり生きている私を確認した両親は、帰路に着いたと聞く。そして、二日目も、三日目も、とうとう死ななかったのだ。

この間に、私の両親は運転手の先輩の家族と会い、互いの息子が回復してもらいたいと話し合っていたという。

三日目の午後、担当医の野口医師が驚いた表情で、両親に語りかけてきた。

「須藤さん、息子さんは、本当に生命力が強いですね。峠を乗り越えましたよ。もう、死ぬことはありません。何かスポーツをやってましたか。すごい生命力です」

それを聞いた、父の答え。

「そうですか。よかった。本当によかった。義之は、小さい頃から高校まで、ずっと、野球部で活躍してました」

野口医師は、大きくうなずくと、頭部手術のための検査をすると言い残して、その場を離れた。それから四時間後、野口医師が、勢いよく両親のところへ戻ってきて、はっきりと、こう言ったのである。

「いやー、本当に驚きました。頭のほうですが、手術しなくてもいいように、自然回復しております。陥没していた頭蓋骨ですが、元に戻しているんですよ」

「えー、本当ですか」

私の両親は、天にも昇るような心持ちで喜んだのだ。両親と姉は、人が一生かかって尽くす心労を、この三日間で味わったのかもしれない。その分、歓びも大きかったに違いない。

四日目に集中治療室から、五階の整形外科病棟の個室に移された。それは、まさに死から生への大行進であったと聞く。五階の二号室では、いつ目を覚ますかわからないが、確実に生きている私が、寝息を立てていた。私の蘇生した知らせが、心を痛めていた人たちに、歓びと安堵感を大きく、さらに、大きく広げていったのである。しかし、誰もが、両足のない私が、これから先、どう生きていくのかという不安を、心の片隅に持っていたのである。

次の日も、また、次の日も、両親は、病院へと通い続けたと聞く。二人とも、すべてをなげうって、ただ、我が子のために東海大学病院へ足を運んだ。子どもが、親から受ける恩とは、山よりも海よりも、いや他とは比べようもないほど、大きなものなのかもしれない。

事故から、一週間後、私はベッドの上で目を開けたのだ。ところが、脳挫傷だったためか、両親のこともわからず、まるで、生まれ変わったように幼児の言葉遣いだったらしい。ここから、完全に意識を回復するまでに、約一か月の月日が流れることになる。

この間の私は、あとで笑い話になる語録を残している。ここに、そのいくつかを紹介しておきたい。

はじめは、幼児口調で、

「僕は、ちょうちょだよ」

「僕は、チューリップだよ」

と言ったらしい。この時、医師からは、頭を使わせるため、どんどん話しかけるように指示されていた。

「僕は、ちょうちょだよ」と言った時、姉が聞き返した。

「へえー、どんな、ちょうちょなの？」

すると、

「うん、よい子のちょうちょだよ」

と可愛い声で答えたという。まったく、よい子が二度も、交通事故で親へ心配かけるはずがないと、ツッコミを入れたくなる。

また、私がはじめて食事をした時、ちょうど、友人が見舞いにきたそうだ。そこで、看護婦さんが私に、このように聞いた。

「須藤君、今日は、何を食べたんだっけ」

間髪入れずに、

「どんべぇ（日清食品）」

と答えながら、

「やっぱり、どんべぇは、最高に美味いよ」

と友人に向かって、笑顔を投げかけていたそうだ。また、ある夜、看護婦さんが、私の部屋に入ってきてこう言った。

「今晩は、須藤君」

すると、私は、こんなふうに答えたと聞く。

「今晩は、草刈正雄です」

それが、大変によく似ていたので、「五Ｃ病棟の草刈正雄君」と、病院中の看護婦さんの間では、有名だったらしい。しかし、私にしてみれば、それは「ものまね」ではなく、本当に草刈正雄だと思っていたのかもしれない。

また私は、常々、このように言っていたようだ。

「早く宇宙に帰らなければいけない」

ある日、逆に聞き返された。

「そんなこと言ったって、お父さんとお母さんは、どこに住んでいるの？」

「宇宙で待ってるよ」

と、最高の笑顔で答えたらしい。

また、私は、見舞いにきた人ごとに、「煙草をくれ」と迫ったという。姉が来ると、決まってこうお願いした。

「おい、外に行って、ある人が困ってるんです、お願いですから煙草をください、と言ってもらってこい」と。

そして、両親がそろって来ると、このように話しかけたのだ。

「俺、いろいろ人生考えたんだけど、明日、鎌倉に行って出家するから、馬を用意してくれ」などなど。

まだまだ、たくさんの笑い話はあるが、これくらいにしておきたい。

事故から一週間後に、目を覚ました私は、生まれ変わったように、幼児期から少・中・高校を経て調理師専門学校、就職と、無意識のうちに成長していったのだ。

この間、車を運転していた先輩のお兄さんが、私の部屋へ、たびたび見舞いにきていた。本来ならば笑うことなどできない場所だったが、あまりにも私が面白いことを言うので、最後には、大声で笑ってしまっていたという。ここ二号室は、脳挫傷で、しかも両足がない患者がいるとは思えないほど、賑やかで明るい病室だった。

このような状態で約一か月が過ぎ、東海大学病院から見える大山の樹々が、紅く染まりはじめた頃、私は完全に意識を回復していったのだ。それが、病院のベッドの上で目を覚ました時であった。だから、この一か月半は、まったくの空白である。母は、私の意識回復を喜んでいる様子で、笑顔が絶えなかった。私は、二度も同じ過ちをして心配をかけた両親に、本当に申し訳ないと思った。

「母さん、ごめんな……」私の言葉に母は、こう答えてくれた。

「本当だよ。だけど、おまえが、こうして正気に戻って、生きてくれたほうが嬉しいよ。大変だったけど、何も気にすることはないよ」

私は、母にそう言われ、本当に救われた気持ちになれた。

（こんな、どうしようもない俺なのに、ありがとう）

心からの私の思いだった。事故と奇跡的に命を取りとめたことを語った母親は、夕方、家路に着いた。もちろん、二人の女性が亡くなっていることも、両足のない事実も語らずに。

それには理由があった。担当医の野口医師から、

「両足のない事実は、病院側から慎重に知らせていきます」

と言われていたのだ。両足のなくなったショックで、脳挫傷が再発する可能性があった。

一人、部屋に残った私は、天井を見つめ続けていた。そして、二年前のオートバイの事故を思い出していた。

（……あの時、……あんな痛い目に遭って、自らの恐ろしい運命を思い知らされたのに、

情けない、申し訳ない……）

同じことを繰り返した親不孝者の自分自身が、本当に情けなかった。こんな思いから抜け出せずに、しばらくの間、時が止まったように、私はベッドに仰向けに寝たまま、部屋の天井を見あげていた。母親が帰路に着いてから、どれ位の時間が過ぎ、さらに、今が夜の何時なのか、そんなことなどまったく意識できなかった。

静まり返った部屋の中で、天井を見上げている私の心より、（セルフ……）という言葉が思い浮かんだ時、私は、「あっ！」と我に返った。

（三日の命、助かっても植物状態と宣告された俺は、……まだ、生きている。死んだはずの自分に命があった。セルフという九番目の意識は、間違いなくあって、俺は、運命を転換したのかもしれない。いや、間違いなく運命を変えたんだ）

この瞬間、私は、オートバイの事故で学んだ九番目の意識、「セルフ」を実感したのだ。すると、心の奥底より、歓喜と感謝の想いが、込み上げてきたのである。

（運命を転換して生き残ったこの命、これからは、しっかりと未来を信じて生きていこう）

私は、この歓びの中で、深い眠りについていった。

翌朝、看護婦さんに起こされた。

「須藤さん、おはようございます。体温計ください」

「えっ！」

私には、受け取った記憶が、まったくなかった。看護婦さんが捜してみると、それは、ベッドの下に落ちていた。

「あとで、また来ますね」

と言い残して、看護婦さんが出ていくと、私は、「はい」と答えながら、今日も、生きていることを実感した。すると、なぜか嬉しくなってきたのだ。

しばらくして、戻ってきた看護婦さんに、私は話しかけた。

「看護婦さん、僕は、ものすごい交通事故で運ばれてきたみたいですね」

すると、彼女は、少し驚いた顔で聞いてきた。

「須藤さんて、そんなふうに、喋る人なんですか」

「ええ、昔から、こういう喋り方ですけど」

私の言葉に、

「はあー、そうなんですか」

と看護婦さんは、本当に不思議そうな顔をしていた。それもそのはず、完全に意識を戻した私に、会うのははじめてだったからだ。その前は、「五C病棟の草刈正雄君」だったのだ。

午前八時を少し過ぎると、もう一人の看護婦さんが、朝食を運んできてくれた。

「どうも、すいません」と言った私は、今、一番気にしていることを尋ねてみた。

「看護婦さん、退院の時期なんですが、いつ頃になりますか」

少しの間があってから、看護婦さんの口が開いた。

「はっきり言いますが、須藤さんの両足は、事故の時に切断されて、ないんですよ」

「えっ、嘘でしょ」

突然、そんなことを言われた私は、半信半疑、毛布をめくり、足のほうを見てみた。

そこには、太股の半分くらいの長さで、弾装包帯が巻かれ、先端が丸くなった棒状のものしかなかった。

事故以来、はじめて自らの足を見た私は、大地がひっくり返ったような衝撃を受けた。

（あっちゃー、失敗したなあ）

と心の中で思った。茫然と、変わり果てた足を見つめていた。少しの沈黙があったように思う。私は、看護婦さんの視線に気づくと、驚いている自分を隠すために平静を装った。本当に、困った性分かもしれない。

ところが、なぜか私は、昨夜、セルフを実感し、運命を転換した歓喜と感謝の瞬間を思い出していた。確かに両足のない現実には、驚いたが、死んだ自分に命があったことのほうが、嬉しかったのである。私は、驚きと喜びの中、看護婦さんに問いかけていた。

「あれー、どっかに忘れてきちゃった。看護婦さん、知りません?」

「須藤さん、このことは、人生における大きな失敗だから、その原因について考えてみる必要が、あるんじゃないですか」

そんなことは、十分にわかっていた。だから、自分が情けなくて、さらに、両親にも申し訳なかったのだ。

「いやあ、考えません」

私の答えに、さらに、看護婦さんが、問い返した。

「じゃ、今、何を考えているんですか」

「この身体で、どう生きていくか、将来を考えるんじゃないですか」

とっさに、こんな言葉が出たのは、生きていた歓喜を実感した瞬間から、すでに心は、未来を信じて歩みはじめていたからかもしれない。

こんなやり取りをしていくうち、なぜか、看護婦さんは感動してくれたようだった。

「すごいですね。須藤さん、実は、他の病室に、オートバイの事故で、片足を切断した高校生がいるんです。明日、連れてきますから、激励してあげてください」

今度は、お願いをしてきたのである。

「いいですよ」

と答えた私は、朝食をとりはじめた。看護婦さんが部屋から出ていくと、食事しながら、三十センチほどの長さで弾装包帯が巻かれている自らの足を、まじまじと見つめた。そして、これから先を考えてみた。どのように生きていけばいいのか、まったく想像もできず、不安な気持も横切ったが、生きている歓びから、未来があると信じることしかできなかった。

午後三時過ぎ、部屋に入ってきた母に、私は笑顔で語りかけた。

「母さん、俺、両足なくしてしまったんだね」

一瞬、驚いた顔で身体を硬直させ、声も出ないでいる母に、私は明るい声を投げかけた。

「大丈夫だよ。命があったんだから、幸せになれないわけがないよ」

すると、強張った顔の母にも、笑顔が戻った。安堵感が顔に表れていた。夜七時、家路につく母の背に、無言のまま語りかけた。

「二分の一になった俺だけど、もう、絶対に心配はかけないよ」

母を見送ったあと、一人部屋の中で考えた。

（認めたくない現実だが、もう、俺の両足はなくなっている。これから先、どうすればいいのだろうか。もう、調理師はできないだろうな。俺の将来の夢は、本当に夢で終わってしまったのか。調理師学校で、一年遅れて、やっと、調理の現場に就けたのに……悔しい。これから、どんな仕事をやればいいのか……）

その答えなどは、まったく見つからなかった。将来の目標がなくなったことで、不安な気持ちが広がった。

その時、私はゆっくりと、棒状の両足を上下させてみた。両足が、あまりにも軽く動いていた。当り前だ。その先がないのだから。二十年間、走って歩いた足が、なくなり悲しくもなった。

（ちくしょう……。ちくしょう……）

自分で決めて生きてきたのだから、後悔はしたくなかったが、あまりにも衝撃的な現実に私の気持ちもついていけなかった。考えれば考えるほど落ち込んでいったが、私は、その中で自らに、このように語りかけ激励するしかなった。

（運命を転換した俺は、まだ、生きているんだ。命ある限り未来があるんだ。こんな足のない俺にしかできないことが、必ずあるはずだ。今は、何か、まったくわからないが。だけど……、だけど、それを信じて生きていくしかないんだ）

翌日、ストレッチャーに横になり、片足を切断した高校生が、部屋まで運ばれてきた。あいさつを交わしたあと、私は、

「君は一本か。僕は、二本だ。お互い頑張っていこうな」

と高校生に、そして自分自身にも、励ましの言葉を贈った。それは、二十歳で両足をなくした私の、第二の人生のスタートでもあった。

自分自身

十八歳と二十歳に、死を目の前に感じた私は、朝、目が覚めると「よし、今日も生きている」と歓びが込み上げた。そして、夜、就寝するとき、「今日も一日、生き切った」と感謝することができた。なぜ、生きているのか。それは、まだ、世の中が自分を必要としているからだと感じられた。

いつも、午後二時過ぎに、私の部屋に、理学療法士の田山先生がやってくる。大腿部より切断すると筋肉は縮む。切断部は縫いあわされ丸くなる。この足を、義足が装着できるよう逆円すい状の形にする必要がある。そのため田山先生は、私が病棟に運ばれて、切断部の傷が完治したあと、すぐに、弾装を巻きにきていたようだ。ぶよぶよの足を、包帯で締めていく時、激痛に襲われた。さらに、締め終わってからも、心臓の鼓動に合わせて、ズキズキと痛んだ。

私が、まだ意識がハッキリしない、あの「草刈正雄君」の時など、田山先生が部屋に入ってくると、決まってこう叫んでいたという。

「おーい、誰か、このヤブ医者を、部屋からつまみ出せ！」

また、

「おまえは、患者に痛い思いをさせて、本当にヤブ医者だ」

いつも、田山先生は、声は出せても、何の抵抗もできない私の足を、弾装包帯で、しっかりと締めあげて帰っていったのである。

私が意識を回復してからも、いつものように、田山先生が、看護婦さんを一人連れて、二号室へ入ってきた。弾装包帯を締めなおしにきたのである。左足の包帯が取られると、圧迫感から解放された。その時、田山先生の声が聞こえてきた。

「あ〜、こりゃ、もう、腐ってきているな」

「えー、どこが、腐ってますか」

私の、いつもとは違う反応に、田山先生は、少し驚いた顔をした。

「実は、左足の太股の裏側が、お尻のあたりから、ずっと火傷をしているんだよ。それが、なかなか治らなくてね」

この田山先生の言葉に、私は、深い火傷を負っていることをはじめて知った。それは、追突してきたトラックに引き摺られた時、タイヤとの摩擦によって負ったものであった。

田山先生が、弾装包帯を巻きはじめると、「ギュッ、ギュッ」と締められるたびに、激痛が走った。歯を食いしばって、我慢するしかなかった。右足も同じように締めあげて、田山先生と看護婦さんが、部屋から出ていったあとも、「ズキ、ズキ」と心臓の鼓動に合わせ、両足に痛みを感じた。

「こんな状態で、これから先、俺は、どうなっていくんだろうか」

不安な気持ちで、一杯になった。しかし、それから二週間を過ぎた頃には、その痛みも和らいだのである。事故から、約二か月が過ぎた頃、車椅子に乗ってはじめて二号室から出た。そして、一階にあるリハビリテーション室へ向かった。

エレベーターを降り、右へ進み、突き当りを左へ曲がると、長い廊下であった。四十メートルほど進み、右に折れると、「リハビリテーション」と書かれた部屋が目に入った。中へ入ると、田山先生が待ち構えていて、マットレスが敷いてあるほうへ招いた。

マットレスの上に、降ろしてもらった私は、改めて周りを見渡してみた。そこは、たくさんの患者と、十人以上の理学療法士たちで、埋まっていた。私は、そこで、天井にある滑車を利用して、足の上下運動を、二十回ずつやるように言われた。私は、両手で身体を持ち上げ、お尻を少し前に着地させた。同じ動作を何度か繰り返して、その場所へと移動した。この時から、私の移動手段は、両手を前後させながら、いざるようにして進むしかなかった。だから、私の両腕は手でもあり、足でもあった。だから、自然と両腕は、太くなっていったのである。この年の年末年始、外泊の許可をもらって、自宅に帰った私は、成人式に着たスーツに、腕を通してみた。まったく袖が通らなかった。当たり前かもしれない。私の腕は、足でもあるのだから……。

田山先生に、そう言われたが、小・中・高校と野球部だった私である。腕立て、腹筋などは、百回が一単位であった。私は、足の上下運動を百回ずつやった。それが終わっても、田山先生は、まだ、、他の患者を診ていたので、もう百回ずつを終えた。しばらくして、田山先生がやってきた。

「どうだい、二十回ずつ、終わったかい」

「いやー、二百回ずつ、やりましたよ」

「えー、そんなにやったのかい」

「いやー、普通百回一セットじゃないスか」

「うーん、元気がいいね。とても、脳挫傷とは思えないよ」

田山先生が冗談っぽく言ったので、私もとぼけてみせた。

「いえー、頭を割って生まれ変わったんスから」

ここ東海大学病院のリハビリテーション室は、とても明るい雰囲気で、理学療法士の先生たちも、お互いに愛称で呼び合っていた。

私を、担当する田山先生は、「おじじ」であった。次に、私は、うつ伏せに寝かされ、田山先生に、短い足を片方ずつ、逆エビ固めのように、曲げられた。これは、歩くための準備らしい。

午前中のリハビリ訓練を終えた私は、二号室に帰ってきて、そこで昼食をとった。午後から、看護婦さんと、車椅子で散歩にいく約束をしていた。実は、事故以来のはじめての外出であった。

看護婦さんに車椅子を押してもらい、一階でエレベーターを降りると、今度は左へ進んだ。少し行って、さらに左へ曲がると、そこには、飛行場の待ち合いロビーとも見まがう大きな受付センターが広がっていた。天井は吹き抜けで、ものすごく高い。私は、思わず声を出した。

「いやー、大きな待ち合い室ですね」

「東洋一大きな病院なんですよ」

看護婦さんが答えてくれた。正面玄関より外に出ると、しばらくぶりの外気を思いっ切り吸った。看護婦さんは、ゆっくり車椅子を押しながら、病院の周りをひと回りしてくれた。最後に、正面玄関から離れたところまで行き、病院の全容を見せてくれたのである。

「いやー、ものすごく、どでかいスね」

思わずそう言った私は、あれだけの事故で、この病院に運び込まれたのも、不幸中の幸いだったと感謝していた。

この日から、リハビリ訓練が、私の日課となった。意識が回復して、どれくらいたったか記憶にないが、車を運転していた先輩のお兄さんが、二号室を訪ねてきた。

頭を下げてあいさつしたあと、お兄さんは、私の母に話しかけた。

「義之さんの容体は、いかがですか」

「ええ、おかげさまで意識のほうも、やっと元に戻ったみたいで、リハビリにも行きはじめたようです」

母の答えに、お兄さんは笑顔を見せた。今度は、母が先輩の容体を聞き返した。

「まだ、何とも言えない状態です。ただ、喉の管を通して薬で生きているだけです。もしかしたら、また、頭の手術をするかもしれません」

「なるべくなら、頭は手術したくないですよね」

こんな二人の会話を聞いていた私は、お兄さんへ向かって声を出した。

「お兄さん、竹谷さんは、六階の個室にいるんですか」

「はい、そうです」

「竹谷さんに、会わせてください。お願いします」

ここで、翌日、六階にいる、竹谷さんのところへ行く約束がされた。

次の日、私は、車椅子に乗って、六階の脳外科病棟へ向かった。六階の、やはり二号室の前で、静かに車椅子は停まった。すると、お兄さんが、そっとドアを開けてくれた。

入り口の傍には、先輩のお母さんが椅子に座っていた。小さな声であいさつを交わした時、その奥のベッドに横たわる先輩の姿が目に映った。思わず息をのんだ私は、先輩をじっと見つめ続けた。喉から管を通され、栄養薬が投与されていて、腕には点滴の針が刺されていたのだ。

（竹谷さん……）私は、心の中で言ったきり、言葉を失った。

九月九日の事故以来、二か月以上も、食事をしていない身体は、果てしなくミイラに近い、骨と皮の状態になっていたのである。

先輩は、ゆっくりした動きで、自分の頭をかいていた。ずっと、その姿を、見ていた私は、心の中で祈る思いで叫んだ。

「竹谷さん、頑張ってください……」

久しぶりの再会に、私は、新たな衝撃を受けていた。自分の部屋に戻ってきてからも、ため息しか出なかった。先輩は、もっと、もっと苦しんでいるんだ。

「あんな状態で、治るんだろうか」

私は、母に、そんな言葉を投げかけたあと、口を開かなかった。

その日、母も早めに自宅へ向かい、一人になった私は、ベッドに横たわり、悶々と天井を見上げていた。

（竹谷さんのあの姿、ショックだった。あんな状態で、本当に治るんだろうか）

そう思うと、また、二号室の空間だけが、完全に止まっているように感じられた。私は、ただ、ベッドで横になったまま動かないでいた。

（あのものすごい事故で、俺も、竹谷さんも、まだ生きているのは事実だ……。そうだ、俺たちは、まだ、生きてるんだ。もう、二か月も命があるんだ。だめなら、もう死んでるはずだ）

そこまで考えた時、やっと、身体を起こしたのである。現実に生きていることへの可能性を、信じるしかなかった。私は、先輩が生きている限り、それは回復に向かっている証拠であると思うようにしたのだ。

翌日から、また、リハビリ訓練に、励む毎日となっていった。

昭和五十五年十一月中旬、私が先輩と再会してから、一週間ほど、過ぎていたと思う。

ある夜、私の二号室の電話のベルが鳴った。

（いったい、誰からだろう）

そう思いながら、私は、受話器を取った。

「もしもし」

電話の相手は、竹谷先輩の友人であった。

「大変な事故に遭われましたね。実は、仕事が忙しくて、なかなか見舞いにいけなくて、電話したんですが」

「ああ、そうなんですか」

「竹谷のところへ、電話しても、繋いでもらえなくて、須藤さんへ電話した次第です。須藤さんは、どんな具合ですか？」

「ええ、やっと意識が、完全に戻ったみたいで、今、リハビリに通ってます」

「そうですか、それは、よかったですね。ところで、竹谷の容体なんかわかりますか」

「先日、会ってきたんですが、喉に管を通され、まだ、食事もできない状態で寝てました。だから、ものすごく、痩せちゃってるんですよ」

「そうなんですか」

その友人から、暗い声が返ってきた。

「でも、まだ、しっかり生きています」

私は、自分にも言い聞かせるように、力強く言い返した。

「事故のあとの処理も大変でしょうね。女の子、二人、亡くなってますからね」

この言葉が、耳に入ってきた時、私は、あわてて聞き返した。

「えっ。二人も女の子が死んでるんですか」

「あっ、まだ、聞いてませんでした?」

受話器の相手は、気まずくなったのか、そこで、電話がプツンと切られた。受話器を置いたあと、大きな衝撃が、私を襲ったのである。

(俺たちの事故で、女の子が二人も死んだって本当なのか。一体、誰と誰が、死んだんだ)

そんな思いで三十分、私は、意識が回復してから、はじめて二号室の電話を利用した。ダイヤルは、川崎の自宅の番号を回していた。

「はい、須藤です」

それは、運よく姉の声であった。

「あっ、姉ちゃん、いいかい、親父とお袋には言わないでくれよ。あのさ、俺たちの事故で、女の子が二人死んだんだって」

少しの間があってから、逆に姉が聞いてきた。

「なんで知ってんの」

「いや、さっき、竹谷さんの友人って人から電話が来てさ、そのこと聞いたんだよ。俺が、聞き返したら電話切られちゃってさ」

「あっ、そう」

「覚悟できてるから、本当のこと教えてくれよ……。女の子二人、死んだのかい」

「……、うん……」

受話器を握ったまま、お互いに声が出せないでいた。しばらくして、私は姉に言った。

「そうか、わかった。親父とお袋には、言うなよ。今度の日曜日、事故の記事が載った新聞あるだろ、持ってきてくれよ」

私は、受話器を置いて、ベッドに横になると、また、天井を見上げた。あまりのショックで、しばらくの間、唇の震えが止まらなかった。

「死人が、二人もいたなんて、嘘であってほしかった。一体、誰と誰なんだ」

私は、そう思っていた。姉に、誰が死んだのか聞かなかったのは、その名前を電話で言えば、両親に気づかれると思ったからだ。

もう、無駄な心配はかけたくなかった。私はまた、新たなショックと悲しみに包まれながら、亡くなった二人の冥福を祈り続けた。次の日も、また、次の日のリハビリ訓練も、まったく身が入らなかった。

日曜日、午後一時過ぎ、姉が二号室に入ってきた。彼女から受け取った新聞を広げてみると、大きな写真が目に入った。私たちの乗っていたムスタングは、車の形などなくなった鉄の残骸となっていた。私は、改めて、事故の大きさを認識したのである。

記事に目を通していくと、そこには「調理師、竹谷剛史（二十五歳）重体。調理師、須藤義之（二十歳）重体。家事手伝い、岡澄子（二十歳）死亡。家事手伝い、北川礼子（二十歳）死亡」と書かれていた。私は、新聞を持つ手が震えていった。読み終えたあと、少し目を閉じていた。ショックだった。悲しかった。親しかった人間が、あの事故で、二人も亡くなったのだから。

(澄子ちゃんと礼子ちゃんだったのか)

私と先輩が、仕事を終えてから、よく飲みにいったパブスナックの女の子たちだった。

ゆっくり目を開けた私は、姉に話しかけた。

「ものすごい事故だったんだな。まだ、親父とお袋には、言ってないだろ」

「うん」

「わかった。今度、俺から言うから……、そのまま言わないでくれ。俺は、大丈夫だよ」

そう言ったが、ショックは隠しきれず、それから話すことはなかった。

日曜日は、見舞いにきてくれる人が多く、その日は、十人以上が私の二号室を訪れた。夕方、五時半過ぎ、帰り仕度を始めた姉が、私に話しかけてきた。

「義之、確かにショックかもしれないけど、あの事故で生き残ったお前が、いつまでも、悲しみに暮れて不幸のままでいたら、亡くなった彼女たちに申し訳ないよ。彼女たちの分まで、しっかり、生き抜きなさいよ。そして、こんなに幸せになったと言える自分になりなさいよ」

現実を、しっかり受け止めて、彼女たちのためにも頑張れとの、叱咤激励であった。

姉の帰ったあと、一人になった私は、彼女たちのことを思い出していた。

(スラッと細身の澄子ちゃんと、ポッチャリ型の礼子ちゃんだったな。しかし、あの二人は、もう、この世にいないのか……)

そして、時間が止まったように、考え込んだ。

(姉ちゃんは、彼女たちのためにも、頑張れと言った。あの事故で、四つの命のうち、二つが亡くなると決まっていたとしたら……。それは、もしかしたら、俺と先輩だったかもしれない……。そうならば、彼女たち二人が、俺たちの代わりに……死んだのか。悲しい。申し訳ない……。俺たちが、死んだほうが、よかったのかもしれない)

私は、そんな思いで十五日以上を過ごしていったと思う。リハビリにも、何となく力が入らなかった。そして、その日も消灯台の明かりだけがついた薄暗い部屋で、ベッドに横たわり、悶々と考え込んでいたのである。

(いつまで、悲しんでいても、彼女たちは、死んでしまったのだ。その現実は、認めたくなくても、認めなければいけない)

静かな時が、流れたと思う。

（もう、この世にいない彼女たちが、喜んでくれることは、何だろう）

そこまで、考えた時、私は「はっ」とした。

（そうだ、いつまでも悲しみに暮れて、不幸を味わっていたのでは、彼女たちが悲しむ。生き残ってしまった俺は、彼女たちの分まで、絶対に幸せにならなければいけないのだ）

すると、また、新たな思いが込み上げてきた。

（いや、彼女たちは、亡くなってはいない。俺の心の中に厳然と生きている）

私は、その二人に語りかけながら、強く誓ったのである。

（澄子ちゃん、礼子ちゃん。俺は、君たちの分まで、絶対に幸せになってみせる。だから、どんな苦労にも負けないで頑張るよ。それが、生き残ってしまった者の責務だよね）

二人の女性が亡くなったという事実を、私は一生涯背負って生きていく。しかし、そのどん底の中で、彼女たちへの誓いが、私を這い上がらせたのかもしれない。

弱冠、二十歳の青年は、一つひとつの衝撃的な出来事を、乗り越えていかなければならなかった。しかし、その一つひとつが、私自身を強くしてくれたようにも感じられた。

車椅子に乗れば、一人で移動できるまでになった私は、すでに、六人部屋に移動していた。しかし、左足裏側の火傷は、まったく治る気配もなく、あまりにも、深い火傷あとだった。担当医の野口医師たちは、焼け爛れた皮膚をけずり取り、背中から新しい皮膚を移植することにしたようだった。さっそく、形成外科の医師に診察されると、四日後に、手術が執り行なわれた。術後、左足裏側と背中のガーゼ交換に、皮を剥がされるような激痛を味わったが、一週間が過ぎての抜糸とともに、すべての傷が完治したことになったのだ。

私の午前中は、いつもリハビリ訓練であった。ここに通いはじめてから、一か月半が過ぎていた。また、切断以来、ずっと締めてきた弾装包帯も、今では、自分でできるようになっていた。そして、私の短い足は義足が装着できるよう、逆円すい状の形となっていたのである。

その状態を確認した田山先生は、義足装着のためのソケット製作を判断する。いよいよ私のリハビリ訓練も、第二段階に入ることとなっていった。

はじめに、私は厚さ三センチ、横十二センチ、縦二十五センチほどある二枚の板の片方を、三十度の角度で切り取り、平たいモーターボートのような形のものを造った。次に、リハビリ室内にあるプールで、田山先生が私の足にギプスを巻きながら、義足用のソケットを造ってくれた。作業を終えた田山先生が、私に話しかけた。

「この仮ソケットで、須藤君の短い足を造ってあげるからさ」

「短い足ですか。困りますよ。僕は、もともと、足が長かったんスから」

「ダメダメ、いきなり長い足では、怖くて歩けないよ。まずは、短い足から練習しないとね。須藤君、もともとの足も、短かったんじゃないの」

「冗談じゃないっスよ。足がある頃は、草刈正雄か、須藤義之かと言われたぐらいスからね」

すでに、その足がないので、何とでも言えた。私は、その日、夜になるまで、ずっと本を読んで過ごした。『孤高の人』（新田次郎著）を読み終えたのである。消灯時間が過ぎ、ベッドにカーテンが引かれても、消灯台のスイッチを切らなかった。読後の思いを巡らせていたのだ。

（『孤高の人』には、人間、生まれる時も、死ぬ時も、たった一人であるとあった。俺は、自らの運命を変えるのも自分自身（セルフ）であるとオートバイの事故で知り、今回の事故で、そのセルフを実感して横死という運命を転換した。そして、最高の歓喜に浸った。すべては、自らに原因があり、自らに結果もあるんだ。だから、幸・不幸も自分自身の中にあり、自らを変えることで、どうにでもなるということだ。

しかし、このたった一人が社会で生きていく時、家庭、職場の中で、それぞれに、支え合いながらの相互作用が絶対条件だろう。さらに、このたった一人に、力がなければ、当然、作用も働かず、支え合うことなどできない。両足のないハンディを背負って、これから俺は生きていく。この現実に負けて、何もせず、運転手が悪い、社会が悪い、俺の生活の面倒を見ろと言っていれば、これほど、楽な人生はない……。しかし、反面、これほど、惨めな人生もないだろう……。この俺が、生きていくには、力をつけることだな。両足がなくても両手がある。目も、口も、耳もある。声だって出せる。脳挫傷の頭も幸い完治した。これらを、十倍、二十倍と使っていけば、何らかの作用を起こす力を発揮できるはずだ。そうだ、まず、たった一人だ。自分自身の開拓から始まるんだ）

私は、前向きに、前向きに思いを巡らせ、最後に、自分自身ですべてが決まることに気が付いたのである。そして、その歓びを、心の中の彼女たちへ伝えた。

（澄子ちゃん、礼子ちゃん、まず、俺自身なんだね。君たちのために、絶対に負けないよ。そして、両足がないのに、なんでこんなに幸せなんだと、みんなに言わせてみせるからね）

新しき決意

ソケットを造ってから、三日後、私の短い仮義足が完成した。足を入れるソケット部分が石膏でできていて、三十五センチほどの長さだった。ソケットの下には、私が造った平たいモーターボートのような板が、足の甲の役目をしてついていた。

私の場合、このソケットを足に取り付ける方法として、吸引式が用いられた。

田山先生から、その仕方を教えられながら、私は驚いてしまった。足の甲の、つま先と思われるほうが、後ろを向いていたのである。ちょうど、立ち膝をしている格好なのだ。

田山先生の説明によると、前に倒れた場合は、手をついて身体を守れるが、後ろに倒れた場合には、大変に危険である。だから、後ろには、絶対倒れないようになっているとのことだった。

私は、ちょっと不安になり、田山先生に聞いてみた。

「先生、本当の義足も、こんなふうになるんですか」

「いやいや、本義足は、ちゃんとした足の形で着けるよ」

その答えに、私は胸を撫でおろした。白いスベスベした四十センチ四方の布を使って、足を取り付けると、田山先生が、ゆっくりと立ち上がらせてくれた。

「わあー、久し振りに立ったよ」

私は、すっかり興奮してしまった。五C病棟の若い連中も、私の姿に目を見張った。

「すごいジャン。須藤さん、小さいけど、ちゃんと立ってるよ」

「カッコイイ、サイボーグみたいだよ」

その歓声に、私は、ピースサインを見せながら、最高の笑顔で応えた。一歩一歩、歩いてみると、なかなか、転ばないことがわかった。この日から、トコトコと歩くのが、私のリハビリ訓練となった。小さい短い足で、歩く日々が続いた。時には、一階から五階の病室へ歩いて帰ったこともあった。エレベーターに、私が乗り込むと、みんな驚きの目で見た。また、廊下ですれ違う人は、みんな振り返っていった。少し気になったが、恥ずかしがっても、足が戻るわけもなく、一生この現実で生きるなら、逆に目立ったほうがいいかと、発想を転換させた。

歩くことにもずいぶん慣れた頃、リハビリ訓練を終えた五C病棟の若い連中が、バスケットボールで遊んでいた。片足の悪い井下君が、バウンドさせていたボールが、誤まって前方へ転がってしまった。私は、トコトコ前へ出て、そのボールを、井下君へ蹴り返した。

その時だった。

「あっ、須藤さん、ただ歩くだけじゃなくて、サッカーを、やればいいんじゃない」

井下君が、思いついたように叫んだ。

「それは、面白い。そうだ、そうだ、サッカーやろう」

私も、そのアイディアに同意して、すぐに田山先生に相談した。了解を得ると、ここから歩くことと、サッカーが私のリハビリ訓練となったのである。相手がボールを転がしてくれ、私がそれを蹴り返す。最初は、それだけだったが、上達するにつれ、ボールが転がるほうまで、トコトコ歩いていき、蹴り返せるまでになっていった。さらに歩くスピードも、速くなっていったのだ。

一方、車を運転していた先輩のことであるが、お兄さんが週に三日は、私の部屋に来て教えてくれた。先輩は、二度目の頭部手術の時から、今度は、緑膿菌に侵され、一進一退を繰り返していたそうだ。一時は、看護婦詰所に一番近い個室へ移され、生死をさまよう容体となったこともあったようだ。

「その時は、もう、ダメかもしれないと思ったよ」

とお兄さんは言う。そんな中、頭部手術が、三度、四度と執刀されたが、容体は、一変しなかったと聞いた。寒さも厳しくなった十一月中旬、五度目の手術が行なわれると、これを機に、先輩は、徐々に回復を始めたそうだ。家族はもちろん、私たちも喜び合った。

十二月になると、先輩の喉にあった管が取り除かれたと聞いた。やっと、自分の口から食事ができるようになったのだ。薬の投与だけで生きてきた先輩は、口に運ばれた流動食を味わいながら、ゆっくり飲み込んだという。

言葉にはならないが、声も出せるようになると、流動食から粥となり、普通の食事がとれるようになって、回復のスピードを増したという。さらに、簡単な会話もできるようになったようだ。約三か月、何も食べずにきた反動であろうか、先輩は本当によく食べたと聞く。病院食だけでは足りず、間食に、せんべい、ビスケット、スナック菓子と、あらゆる物を食べて過ごしたそうだ。月日がたつにしたがって、骨と皮だけだった身体が、太くなりはじめたらしい。そんな先輩に、お兄さんが聞いてみたそうだ。

「剛史、小杉会館に、勤めていたこと、覚えてるか」

「ああ、本厚木のだろ」

先輩は小さい頃から、小杉会館までのことは記憶にしっかりあった。ところが、事故当日のことは、私と同じように、覚えていなかったらしい。むしろ、そんな事故など、信じられなかったようだ。ここまで回復した先輩は、個室から六人部屋へと移動した。この事実に、もう死ぬことはないと信じられた。

しかし、動作は遅く、顔面の神経は麻痺したまま、片目は、少し飛び出して、瞳孔が開いたままであった。そして、これから先輩の知能が、どこまで回復するか、まったくわからない状態だったと聞く。

そんなある日、先輩は、看護婦さんから、間食を禁止されたらしい。実は、先輩の体重は、事故前をはるかに超えてしまっていたようだ。これからのリハビリ訓練の妨げになると考えられたのだ。ベッドの周りから、一切の菓子類が見えなくなったのである。先輩は、とても我慢などできなかったらしい。お菓子を消灯台に隠しておいて食べるなど、こんな攻防戦を繰り返したと聞く。しかし、そのことによって、いろいろ知恵を絞り、ゆっくりではあるが、少しずつ回復していったと聞いた。

窓の外には、大山から吹きおろされる風に、雪が舞っているのが見えた。

昭和五十六年、新しい年が明けると、両足をなくした私は、この年が「国際身体障害者年」であることに、なぜか不思議な思いを抱いていた。世界中で、障害者の社会参加と平等なる人権が、再認識されるのであった。

「俺が、両足なくなって、世界中が注目してんのかな……。まさかなあ」

そんなことを考えていた私は、年末から病院が始まる五日まで、外泊許可をもらって、川崎の自宅に帰っていた。私の家での移動は、やはり両腕を前後させながら歩くというか、動くしかなかった。そして階段は、手すりがなかったため左手を壁につけ、右手を階段に置いて、全身を一段一段持ち上げていった。両足で駆け上がるのに比べたら、ずいぶんと時間もかかり、力も必要とした。両足のない身体での現実生活に、厳しさを感じながらも、久し振りの我が家でホッとした気持ちになれた。

年が明ける前の十二月十四日、私の誕生日に、その頃、付き合っていて、メチャクチャに心配をかけた彼女から、原宿バークレーのトレーナーをプレゼントされた。その彼女に、クリスマスイブの二十四日、手紙を書いた。そこには、別れの文章を綴った。

悲しみの中で、「両足のない自分が、これ以上、君と付き合うことはできない。それは、あまりに君が可哀想すぎる」と。

それは両足をなくした自分の今と、これからに、まだ自信がなかったからだろう。

一瞬の事故で両足をなくし、仕事もなくし、彼女までなくした私だったが、命まではなくしていなかったのだ。すべてのカウントをゼロにしてから、いや、マイナスからの再スタートである。これからのあらゆる苦しみ、悲しみへ挑戦する覚悟はあった。だから、私はあえて明るく振る舞った。毎年、正月には、私の家に、親戚、知人、友人が集まり新年を祝う。そして、酔っ払いながら、百人一首大会をするのが恒例だった。

この年は、私の事故後、初の正月とあって、知人、友人がたくさん訪れてくれた。そして、私の元気な顔を見て、安心するとともに、大いに盛り上がって帰っていった。

一月五日、私は、叔父の運転する車に乗って病院に帰った。自宅に戻る時もそうだったが、国道二四六号線の私たちの事故現場を通過する時、私は、黙祷を捧げた。

（負けないよ。頑張るからね。見ていてください）

一月六日より、また、リハビリ訓練が始まった。訓練を終えた私が六号室にいると、午後三時過ぎ、先輩のお兄さんが入ってきた。

「あっ、こんにちは、今年もよろしくお願いします」

新年のあいさつのあと、お兄さんは、嬉しい話をしてくれた。

「実はね、やっと弟も、リハビリ訓練にいくことになったよ」

「えー、そりゃよかった。久しぶりに、会えるんですね」

一月十日、いつものように、早目にリハビリテーション室へ行った私は、サーキットトレーニングで汗を流した。いささか興奮気味である。それは、少し回復した先輩に、会えるためだ。

午前九時半過ぎ、六階の看護婦さんとともに、先輩が姿を現した。

片目に大きな眼帯をして、事故前からは想像もできないほど、太った身体で、一歩一歩ゆっくり歩いていた。

（竹谷さん、えらく太っちゃって、元気になったんですね）

あの骨と皮の状態を知っている私は、本当に嬉しくそう思った。先輩は、担当の先生に、指示されながら、いよいよ、訓練を開始したのである。

部屋の奥の机には、指先の訓練をする小物が置かれてある。先輩は、そこで、いろいろな大きさの玉を、それに合った穴に入れる訓練を始めた。

その姿を、じっと見ていた私は、先輩に声をかけるのは、やめようと考えた。それは、私も言われていたように、大きなショックによって、また、頭がおかしくなる可能性もあったからだ。

そう決めた私は、例の短い足を着けて歩きはじめた。しばらく歩いてから、今度は、田山先生を相手に、サッカーボールを蹴り出した。何をしていても、ちらっと先輩のほうを見てしまう私は、その生きて訓練している後ろ姿に、心の中で語りかけた。

（竹谷さん、俺たちの事故で、澄子ちゃんと礼子ちゃんが死にました。それを知ったら、ビックリすると思いますが、もしかしたら、俺たち二人が死ぬはずだったかもしれません。だから、彼女たちに喜んでもらうために、頑張るしかないスね。彼女たちの分まで、絶対に生きて、生きて、生き抜いていきましょうね）

次の日も、また、次の日も、私は、短い足で歩きながら、サッカーを繰り返した。時には、先輩の前を、トコトコと通ることもあった。だけど、話しかけはしない。これは、ずっとあとの話になるが、先輩は、「可哀想な奴が、いるものだ」と思っていたと述懐している。

一月末、いつものように、サッカーの訓練を終えた私に、田山先生が声をかけてくれた。

「須藤君、そろそろ、長い仮義足を造ろうか」

「えっ、いよいよ長い足になるんですね」

待ちに待った長い足であった。私は、思わず嬉しくなって、トコトコと走り回った。

「その短い足のソケットの下に、今度は、鉄パイプで造られた足を取り付けるからね」

田山先生の説明だった。そして今度は、ちゃんと膝も曲がり、歩く格好は普通の人と変わらないとのことだった。しかし、クラッチと呼ばれる杖を、二本持つ必要があった。

「杖ぐらい何本だって持ちますよ。長い足で歩けるんだったら」

私が、そう言うと、いつもの冗談が飛んだ。

「須藤君、長いと言うけど、もともとは、短かったんじゃないの」

「ないから言いますけど、めっちゃくちゃ長かったんですよー」

それから、三日間は、足の上下運動などの訓練で過ごした。

いよいよ、長い仮義足が完成する日。

私は、午前八時三十分に、リハビリテーション室へ顔を出した。中へ入っていくと、田山先生が手招きをして、奥の作業場へ入っていった。私も、そのあとに続いた。そこには、しっかりと、仮義足が二本、立っていた。

「すごいな。確かに長いけど、先生、こりゃ、ロボットみたいですね」

ソケットの下は鉄パイプで、その下には、周りをゴム製の物で造られた、足の甲がついていた。驚いている私を、安心させるためか、田山先生が言った。

「大丈夫だよ。本義足は、ちゃんと足に見えるように、肉付けしてあるから」

「そうですよね。それで安心しましたよ」

私が、ホッとしていると、田山先生が、その仮義足を二本持って、マットレスが敷いてあるほうへ向かった。サーキットトレーニングと指示された私は、足の上下運動を始めた。

午前十一時過ぎ、リハビリ訓練を終えた患者さんたちが、部屋に帰りはじめ、リハビリテーション室に、空間ができた頃、田山先生が私のところへ来た。

「じゃ、須藤君、長い足で歩こうか」

私は、ソケットを装着しながら、田山先生より、仮義足の仕組みについての説明を聞いた。膝が真っ直ぐ伸びている時、体重がかかってもブレーキが効いて、足は曲がらない。そして、足を一歩前へ踏み出すと、膝が曲がり、足の甲は、振り子みたいに、あとからついてくる。また足が伸びた時、体重をかけても足は曲がらない。そうやって前進していくと、田山先生は言った。ところが、膝が曲がったまま体重がかかると、ブレーキが効かず、ストンと足が曲がってしまうとも付け加えた。

私は、なるほど、人間の歩く格好と、まったく変わらないと思った。二本のソケットが足に着くと、私の腰に白い帯が、巻き付けられた。田山先生は、もう一人の先生を呼び、二人で私の身体を持ち上げ、椅子に座らせた。今度は、椅子ごと平行棒の前まで運んだ。

「いいかい、平行棒に両手をかけて、足を延ばしたまま、身体を、持ち上げるようにして立ち上がるんだよ」

「はい」

いつになく、私たちは、真剣で、田山先生は私の腰の帯を、右手でしっかり握り締めた。

五Ｃ病棟の若い連中が、私たちを見つめていた。きっと、先輩も、見ていたに違いない。両腕に力が入ると、上半身が、ぐっと持ち上がっていく。それを助けるように、田山先生の帯を持つ手にも、力が入った。

仮義足が床に対して、垂直になった時、私の身体も、真っ直ぐに足の上にあった。立ち上がった瞬間だった。周りのみんなが、拍手を送ってくれた。

「いやー、立ち上がると、こんなにも高いんですね」

それから、私は、田山先生が言うように、一歩一歩、足を前に出していった。倒れずに歩けた。平行棒の向こうに着くと、足を延ばしたまま、トコトコと向きを変えた。

私は、この平行棒の歩行訓練を、一週間やった。そのあとは一人で、平行棒の中を好き勝手に歩いていた。

いよいよ平行棒の中から出る時、田山先生から手渡されたクラッチという杖の先を、二本、足元の前方に着けた。そして、後ろに倒れるのが恐いのか、前かがみである。それは二本の足というより、四本の足で立っているようだった。

腰の帯を、右手で握った田山先生が、私を勇気づけた。

「大丈夫だよ。僕が、しっかりと支えてるから、まず、右足と左手のクラッチを、一緒に前に出すんだ。左足の時は、右のクラッチを前に出す。さあ、やってごらん」

私は、その動作を繰り返したが、その姿は、まさに四ツ足の動物が、歩いているようだった。何とも、格好が悪かった。田山先生は、こう言った。

「今は四本の足で歩いてるみたいだけど、慣れてくれば、ちゃんと二本の義足で歩けるからね。そして、二本のクラッチは、歩くのを軽く支えるだけになるよ」

私の答え。

「まあ、早く、そうなるために、頑張りますけど」

毎日が、田山先生との歩行訓練であった。それから二週間後、私は、病院内を、あっちこっちと歩いていた。もう、田山先生が握る腰の帯なども、巻かれていなかった。ただ、先生は、私の後ろから、ついて歩いてくるだけだった。

昭和五十六年二月になると、田山先生から、

「今日から、病院の外を歩くよ」と言われた。すでに、この間に、椅子や床から、立ち上がる訓練も終わっていた。いよいよ、訓練の最終段階を意味する言葉だった。

久しぶりに、私の腰に白い帯が巻かれた。病院内を正面玄関まで歩いた。半ズボンをはいて、鉄パイプ剥き出しの仮義足の姿は、サイボーグそのもので、病院へ来た外来患者は、すれ違う私を、振り返って見つめていった。しかし、そんなことには、まったく無関心で歩いた。外に出て、歩道を歩いていると、車道に降りるように言われた。

私が、段差のところで立ち止まると、田山先生が腰の帯を握り締めた。

「いいかい、はじめに、両手のクラッチの先を下の道路に着けて、あとから右、左と足を降ろせばいいよ」

先生の言う通りにやると、難なく降りることができた。

「結構、簡単に、できましたね」

「うん、なかなか上手いよ。それじゃ、この道路を右に行こう」

先生の言葉に、私は向きを変えて、一人で歩き出した。しばらく行くと、道路は下り坂になってきた。また、田山先生が帯を持っての歩行となった。私は、前に倒れないように、バランスを取りながら歩いた。かなりの緊張感で、無言のままであった。やっと下まで来ると、そこで、汗を拭いた。

「ふー、下りは、ちょっと恐いですね」

私の感想だった。

「んー、そうかもしれないな。じゃ、今度は、向きを変えて、上がっていこうか」

先生の声に、私は向きを変えた。上りは、後ろに倒れないよう少し前かがみに歩いた。下りよりも、恐怖心はなかった。

道路を、上がり終えたところで、その日、最後の課題が待っていたのである。それは、歩道へ上がることであった。

先生の指示で、はじめ右足を歩道へ乗せた。そして、両クラッチで、地面を強く押して。身体を歩道側へ持ち上げた。身体が上がるにしたがって、左足も歩道に乗せ、最後にクラッチの先を、歩道面に着けた。

「降りる時より、難しいだろ」

「そうですね。今度は、身体を持ち上げるから、力がいりますね」

そこから、一人で歩いて、リハビリテーション室へ帰って、その日の訓練を終えた。

この頃、五C病棟の若い連中も、それぞれの怪我を治して、一人ひとり退院していった。

まずはじめに、片足義足の高校生が、学校へ復学していく。次に、私の隣のベッドの井下君も退院した。私たちは、いつも、退院祝いとして病院の地下のレストランで、好きな物をごちそうした。

田山先生と二人で、病院の外回りを歩く日々が続いた。すでに、仮義足で歩いて、病室に帰るまでになっていた。いつものように、田山先生と二人で、病院の外回りを歩いている時、私は思い切って、聞いてみた。

「先生、これだけ歩ければ、もう、退院を考えてもいいですかね」

「いつでもいいよ。君が、その日を決めればいい」

「それじゃ、四月二日にします。いい日でしょ」

「いいけど、なんで、この日にしたいの」

私は、「死に」と読める四月二日に、死に損ねた自分が退院するのだから、これほど、お目出たい日はないと語った。

「いやー、須藤君らしいな。やっぱり脳挫傷だね」

「だから、それで、目が覚めたんです」

冗談には、冗談である。

いよいよ、退院へ向かって、訓練の総仕上げとなった。私はその日の午後から、家族へ、さらに友人たちにも、退院の日を連絡していった。

家族は、その日のために、忙しくなっていったようだ。家の階段にも、手すりを取り付ける必要があった。また、先輩のお兄さんも、私の退院を喜んでくれた。

この頃の先輩は、当初よりも、ずいぶんとスマートな身体になっていた。

私は、お兄さんに聞いてみた。

「先輩も、事故前ほどとは言えませんが、身体も締まってきたし、ずいぶんと回復してきたんじゃないですか」

お兄さんはこの時、はじめて、脳外科の医師から言われていることを話してくれた。

「いや、実はね、先生から、現代医学の最善を尽くして、やれることはすべてやった。あとは、本人の自然治癒力です、と言われているんだ」

「脳外科の治療は、もう、ないということですか」

「片目は、少し飛び出して瞳孔が開きっぱなし。もう、見えないらしい。それから、この先、知能と顔面の麻痺が、どこまで回復するか。それは、本人の自然治癒力だと言うんだ」

その言葉に、私は、下を向いたまま何も言えずにいた。また、お兄さんが口を開いた。

「だから、さっきの先生の言葉の意味は、すべてやり切ったので退院してくれということだと思うんだ」

「そうなんですか」

「今、七沢のリハビリテーションセンターというところに、入院させようと考えてるんだけど、ここは、全国から申し込みがあって、入るのが難しいらしいんだ」

お兄さんの声にも、元気がなかった。私は、それでも、まだ生きている先輩を、信じるしかなかった。

「お兄さん、でも、竹谷さんは、もう死ぬことはないんでしょ。しっかり、生きてるんですから、必ず完治しますよ」

「だけど、片目が見えなくて、知能指数が三歳ぐらいでは、これから先、どうやって生きていけばいいんだか……、わからないよ」

「……」

目の前の現実は、あまりにも厳しすぎたのである。

翌日、リハビリ訓練にやってきた先輩に、私は心の中で、祈るような思いで語りかけた。

（俺、四月二日に退院します。竹谷さんも頑張って、生きて、生き抜いてください。きっと、必ず治してください）


「須藤さん、明日は、何時に退院しますか」

私に、両足がないことを教えてくれた、看護婦の畑山さんから聞かれた。

「えーと、明日は、三時には、退院できると思います」

「はい、わかりました。婦長に、言っておきますね」

と言って、部屋から出ていこうとする畑山さんを、私は、呼び止めた。

「畑山さん、覚えてる？　僕に、両足がないと教えてくれたこと」

「ええ、しっかり覚えてますよ。だって、本当のことを言うのに、ずいぶんと勇気が必要でしたから」

その時を、思い出しながら、畑山さんは笑顔で答えた。そして、あの時の感動が、込み上げてきたのか、目に涙を溜めて、また、話し出したのだ。

「須藤さん、いよいよ明日、退院ですね。本当に、おめでとうございます」

「大変お世話になり、ありがとうございました」

私は、頭を下げた。それから、畑山さんの顔を見ると、一筋の涙がこぼれ落ちた。

「畑山さん、泣くのはまだ、早いですよ。泣くのは、明日の三時ですからね」

「もう、須藤さんったら」

私に言われた畑山さんは、急に恥ずかしくなったのか、あわてて涙を拭いて、部屋から出ていった。

私は、担当医の野口先生と理学療法士の田山先生に、あいさつを済ませ、あとは、明日の退院を待つばかりとなった。その夜、一時より人数は減ったが、地下のレストランで、私の退院祝いが行なわれた。そこでの話題は、私が生死をさまよい、病院に運ばれてから今日までの思い出が中心であった。この間あまりにも、衝撃的な出来事がありすぎた。しかし、その経験が、もしかしたら、私を強くさせてくれたかもしれない。最後に、私は、コーラフロートで乾杯した。

昭和五十六年四月二日、午後二時過ぎ、叔父の車に乗って、両親が、東海大学病院へ到着した。母は、持ってきた鞄に、着替えなどを詰め込んだ。私も仮義足を取りつけ、同部屋の人たちへ別れを告げ、看護婦詰所へ向かった。最後に婦長が来てから、私は口を開いた。

「今日、退院させていただきます。お世話になりました。本当にありがとうございました」

両親と叔父も、続いて礼を言った。看護婦さんたちの目に、涙が溢れていた。

「おめでとうございます」

「頑張ってください」

「ガンバッテね」

涙声が、あちこちから聞こえると、最後に、婦長さんが口を開いた。

「負けないでね」

「はい、絶対に負けません」

と答えた私は、深々と頭を下げた。

エレベーターを一階で降りると、広い受付センターを通って、正面玄関へと歩いていった。私服を着て両手にクラッチを持ち、歩いている私に、まさか、両足がないとは、思わないのだろう。すれ違う人たちは、気にもしないで通り抜けていった。

外に出た私は、東海大学病院を見上げた。そして、心の中で呟いた。

（俺の命を、救ってくれてありがとう）

叔父の車に乗り込むと、ゆっくり走り出した。私は、また、事故現場を通る時、黙祷を捧げた。

（今日、退院します。絶対に、絶対に負けないからね。見ててよ）

私は、その後、事故のあった九月九日を、第二の人生のスタートの日と決め、自身の成長を彼女たちに報告していく。

私の退院に、少し遅れて先輩の竹谷さんも、東海大学病院を退院した。脳外科としての治療は、すべて終わっていたが、先輩の知能指数は、三歳程度で、さらに、片目は見えないと言われ、顔面の神経は、麻痺したままだったのである。結局、七沢のリハビリテーションセンターには入院できなかったが、通院治療することとなる。しかし、一人では、通院できない。お兄さんが、仕事を辞め、先輩の付き添いとなっていた。

そして、私と竹谷先輩は、事故後、はじめての対面をすることになったのだ。その日、お兄さんとともに、竹谷さんが、我が家を訪れた。

「竹谷さん、お久しぶりです」

私のあいさつに、先輩は、「ニヤッ」と笑みを浮かべ頭を下げた。片目には、大きな眼帯をして、動作もゆっくりであった。

「まだまだ、知能が戻っていないからね」

お兄さんが、そう言った。

私は、たくさん、話したいことはあったが、この日は、ほんの少しの言葉を、交わしただけで終わった。それから、先輩とお兄さんは、毎週末に、我が家へ顔を見せてくれた。そんな日常生活が、リハビリ訓練となったのか、ほんの少しずつではあるが、先輩は、回復しているように思えた。

私と竹谷さんは、世間的には、一瞬の交通事故で仕事をなくし、両足までなくした可哀相な青年と映っていただろう。さらに、これから、どのように生きていくのか大いに心配されたと思う。しかし、私には、もう同じ過ちは繰り返さないと思えた。なぜなら、両足を失うことで、今までのような生活が、できないという厳しき現実があったからだ。そして、この現実が私を、一つずつ強くしてくれた。
（負けるな、義之）
心の中で、そう、叫んだ。

縁

昭和五十六年三月一日、国際身体障害者年に、私は障害者手帳を交付された。そこには、「外傷による両大腿切断」、一種一級と書かれてあった。

この年九月、私は鉄パイプの仮義足から、本義足へと切り替えた。東海大学病院の田山先生と目指したリハビリ訓練の、最終目標達成であった。

十月には、姉（美津子）が結婚した。式場は、かつて私が勤めていた小杉会館の新館、ホテル・ザ・エルシーだった。

そして、昭和五十七年一月、私は、神奈川身体障害者職業訓練校のデザイン科へ、四月より入校する手続きを取ったのである。なぜ、デザイン科なのか。それは、私が、小学生の頃から成績がよかったのは、体育と図画工作だったからだ。また、デザインに、自分の個性が出せるとも思った。

しかし、そのように動き出しながらも、将来は、レストランをやりたいと夢見ていた。

三月上旬の日曜日、春を感じさせるように、暖かい午後だった。

私は、所用で帰省していた姉と、姉の友人と三人で、我が家のダイニングで、コーヒーを飲んでいた。

その時に、電話のベルが鳴った。姉の友人が、受話器を取ってくれた。しばらくして、ダイニングに戻ってきた彼女が、私に声をかけたのだ。

「義之、女の人から電話だよ」

「ん、俺に誰から?」

「それがさあ、よく聞き取れなかったんだけど、ちょっと、なまってるみたい」

「えっ、なまってるって、そんな女友だちいないぜ」

私は、両手を前後させながら、電話のほうへ、進んでいったのである。

「もしもし、お電話、代わりました」

「あのー、谷内と申しますが、覚えていらっしゃいますか」

この問いかけに、私は何ごとか、まったくわからずにいた。

「はい？」

「調理師学校の時、同級生のみなさんと、渋谷の「天国」に、飲みにいったんですけど。当時、私は、福島に住んでいました」

電話の相手が、ここまで言った時、私は、二年前、もちろん両足はあったが、一度だけ飲みにいった女性を、思い出していた。

「はい、はい、一回だけ、「天国」で飲みましたよね。ああ、あの時のあなたですか。確か、お名前は、えーっと……」

「谷内です。谷内京子です」

「あー、そうでしたね」

「お久し振りですね。お元気ですか」

「ええ、元気は、元気なんですけど、実は、また交通事故やったんですよ。それで、今度は、両足をなくしちゃいましてね」

私は何気なく、簡単に答えたつもりだったが、谷内さんは、言葉を失ったようで、少しの間があってから、

「すいません」

と返ってきた。

「そんな、いいんですよ。足をなくしたのは、僕なんですから。あなたは、何も気にすることないですよ」

私は、ここまで話しても、彼女の顔を思い出すことができないでいた。

「実は、私、東京へ来たんです」

「えっ、それじゃ、今、こっちで暮らしているんですか」

「はい」

私は、彼女に会ってみたくなり、再会の話を、自分から切り出した。

「東京じゃ近くだし、お会いしたいですね」

「はい」

私は、カレンダーに目を向けてから、こう答えたのだ。

「どうでしょうか。三月二十五日に、お会いできませんか。と言っても、自分は、そちらに行けませんので、川崎の武蔵新城に、来ていただけますか」

「三月二十五日までは、お忙しいんですか」

「ええ、いろいろありましてね」

「わかりました。二十五日に伺います」

それから、少し思い出話をした二人は、三月末の再会を約束して、電話を切ったのである。

三月二十五日、谷内さんが、仕事を終えてから川崎市の武蔵新城に、来ることになっていた。そして、駅の南口を降りて、交番の後ろにある電話ボックスから、電話を入れる約束だった。

午後七時過ぎ、電話のベルが鳴ると、私は、すぐに受話器を取った。

「はい、須藤です」

「谷内ですが、今、新城に着きました」

「それじゃ、そのままボックスを出たところで、待っててください」

谷内さんは、両足のない私が、どんな姿で迎えにくるのか、胸が高鳴ったという。

お互い顔など、覚えていない者同士の、二年ぶりの再会である。私は、五分もたたないうちに、両足義足で、車椅子に乗って姿を現した。

（あれ、両足がないはずなのに……、ちゃんとある）

谷内さんは、一瞬、そう思ったそうだが、私が近づくにしたがって、両足義足であることが、想像できたという。

「谷内さんですね」

私から声をかけた。

「はい」

「お久し振りです。家は、すぐ近くなんですよ」

と言った私は、谷内さんを案内するように、車椅子を走らせた。互いに、一年前の面影を、思い出しながら進んでいった。

「はじめてお会いした時とは、顔が、少し変わったように思うんですが」

「ええ、あの頃よりは、ちょっと……、いや、ずいぶん太ったかな」

そんな話をしているうちに、あっという間に、私の家に着いた。

「ここなんですよ」

「駅からずいぶんと近いんですね」

谷内さんが、言い終わらぬうちに、私は、道路と門の段差を、車椅子で乗り上がり、中へと入っていった。玄関のドアを開け中へ入ると、今度は、両手を使って、車椅子から上がり場に乗り移った。そして、車椅子をたたんでから、谷内さんを手で招いたのである。

「足が、あるから、ビックリしたでしょ。義足なんですよ。今、靴を脱がせますから、ちょっと待ってください」

私は、膝にあるボタンを、親指で押して、下に曲がっている膝下を、上に百八十度、回転させた。

「すごいでしょ。膝下がぐるぐる回るんですよ」

二本の義足から、靴を取り終えると、奥から母親が、姿を現した。

「今晩は」

「あっ、今晩は、はじめまして、谷内京子と申します。今日は、突然、おじゃましまして申し訳ありません」

谷内さんが、ペコリと頭を下げた。すると、私の母も、頭を下げてから話し出した。

「電話で、お話ししてますもんね。さあ、遠慮しないで上がってください」

私は、義足を着けたまま、両手を前後させながら、階段のところまで行き、そこで、母親に声をかけた。

「俺の部屋で話すから」

両手で、階段を上がっていった。母親が、心配そうに何か手伝おうとするが、大丈夫とばかりに、どんどん上がった。

下のほうで、母が、谷内さんに話しかけていた。

「まったく、一人で何でも、やるのはいいんだけど、見てるこっちは、心配になりますよね」

谷内さんも、深くうなずいていた。少し遅れて彼女も、私のあとに続いてきた。

二階には、三つ部屋があって、一番奥が、私の部屋であった。元、姉の部屋である。

八畳の洋間の中に入ると、左側に、長いソファーがある。私は振り返り、谷内さんに、そこへ座るように案内した。彼女が、座るのを確認してから、私は、

「義足を、外しちゃうから、ちょっと、向こう側、見ててもらえます」

そう言うと、谷内さんは、ベッドの上のムードランプのほうを見た。すぐに、義足を外し

て、グレーのジャージに着替えた。

「はい、オーケーです」

私も、ソファーに上がって座った。

「やっと、お会いできましたね。お久し振りでした」

「ご無沙汰しました」

改めてあいさつすると、二人はなぜか、可笑しくて笑顔になった。

「だけど、二年ぶりですよね。はじめて会った時は、足があったけど、今回は、なくなってるから、ビックリでしょ」

谷内さんは、足のことには、触れないつもりでいたらしい。それが、いきなり私にそう言われ、すっかり戸惑ったそうだ。ただ、正直に自分の気持ちを話すしかなかったと言う。

「はい」

「そうでしょ。僕も、ビックリしましたから」

それから、私は、谷内さんとはじめて会った時から、今日まで、自らが歩んだ経過を話した。そして、二度目の交通事故も説明した。

「頭蓋骨骨折の脳挫傷と両大腿挫滅の切断で三日の命、助かっても植物状態と、宣告されたんですよ。ところが、三日たっても死なず、頭を手術しようとしたら、自然回復してたんですよ」

「へぇー、すごいですね」

「だから、頭も手術しなかったんですよ」

「そうなんですか」

「ええ、それから、一週間で目を覚ましたんだけど、ちょっと頭がおかしな状態で、「僕は、蝶々だよ」とか「僕は、チューリップだよ」とか言っちゃって下手な漫才師よりも面白かった時が、一か月半ぐらいあったようですよ」

「へぇー、その時の記憶は、あるんですか」

「いえ、全然、覚えてません。僕の記憶は、会社を出ようとして、エレベーターに乗って……、目が覚めたら病院のベッドにいたんです。だから、この一か月半は、未だに空白です」

あまりに、すごい話で、谷内さんは、すっかり声を失ったように、ただ、うなずくだけだった。そして、今、こうして私が、生きて話していることが、信じられない様子であった。

「それで、意識が戻ってみたら、すでに、両足を失っていたんですから、ビックリ仰天ですよ」

私は、明るく語っていた。間もなく、母親が、コーヒーを運んできた。そして、ソファーの前にあるガラス製のテーブルに置いた。

「どうぞ、ゆっくりしていってください」

母の声に、谷内さんは、座り直して礼を言った。

「どうも、すいません」

母が、出ていくと、今度は谷内さんが、はじめて会ったあの日から今日までを話してくれた。そこには、一度の別れと、一度の失恋があった。

「うーん、いろいろあったんだね」

「そして、去年の八月に上京したんです」

私たちは、お互いの二年間の体験を、包み隠さずに話した。すると、なぜか、親近感を覚えたのである。

それから、死んでいるはずの自分に、命のあった歓びを語り、両足のない私でも、命ある

限り、未来への可能性があると信じていると言った。そして、

「この世の幸・不幸は、全部自分に原因があると思う。すべて自分自身なんだ。自分が、変わらなければ、何も変わらないと思うんだ」

と私の思いを、素直に語っていった。

（なぜ、あなたは、そんなに強く生きられるの）

これが、谷内さんの再会しての第一印象だったと言う。そして、「自分も頑張ろう」と、勇気が湧いてきた、とも言っていた。

私は、これからの予定を語った。

「四月五日から、相模原にある障害者の訓練校に行くんですよ」

「社会復帰に動き出すんですね」

「ええ、そこでデザインの勉強をするんです」

「デザインというと？」

「グラフィックデザインです」

私は、煙草に火を着けて、さらに話を続けた。

「だから、四月五日からは、相模原で寮生活ですよ。そこは、全国から障害を持った人たちが、集まるそうです」

「そうなんですか」

「僕も、両足をなくすまで、障害という世界を知りませんでしたから、多少、緊張してますよ」

「そうですか」

「もし、よかったら、遊びにきてみませんか」

私のこの言葉に、谷内さんは、何の迷いもなく答えたようだった。

「ええ、ぜひ」

それから、午後十時三十分を過ぎた頃、谷内さんが、帰路に着くことを、私に告げた。

「あれー、もう、こんな時間だったんだ。これから帰ったら、家に着くのが十二時過ぎるでしょ。心配だな。泊まっていけばいいっスよ」

「そんな、はじめて来て、泊まるなんて失礼ですよ」

「いえー、そんなことないですよ。一向に構わない家だから。それより夜中に、女性の一人歩きのほうが心配ですよ」

しかし、谷内さんは、アパートの電話番号を私に教えて、帰宅することにしたようだ。二人が玄関まで来ると、私の母も、心配だから泊まるように言った。谷内さんは、「なんて開かれた家族だろう」と思ったらしい。しかし、その日は帰ることに決める。

「家に着かれたら、電話くださいね。遅くても構わないから」

「はい、ありがとうございます」

谷内さんは、本当に心配してくれていると感じたという。

私は、車椅子で、彼女を駅まで送った。川崎行きの電車が、ホームに入ってくると、谷内さんは、それに乗り込んでいった。

（自分が、変わらなければ、何も変わらない）

私の言ったこの言葉を、谷内さんは心の中で、何度も繰り返したという。深夜十二時二十分、アパートに着いた谷内さんは、すぐに受話器を握ったようだ。

「あっ、もしもし、夜分にすいません。今、着きました」

「無事、着いたんですね。そりゃよかった。僕は、四月五日から相模原で頑張ります。お互い頑張りましょうね」

「はい」

谷内さんは、素直に言ったという。なぜか、私の一言一言が、何の障害もなく心の中へ、響き渡ったようである。

翌日から、新たな気持で仕事に取り組んだ谷内さんは、まだ、二回しか会ったことのない私が、自らに大きな影響を、与えてくれそうな予感を覚えたらしい。

そんな、四月三日、深夜十二時過ぎ、就寝していた谷内さんは、私の電話の音で、目を覚ました。

「夜、遅くにごめんね。ビックリしたでしょ」

「いえ」

「今ね。仲間が集まって、送別会をやってるんですよ」

中学時代の友人たちで、酒を飲んで盛り上がっていた。谷内さんは、まだ、眠気が覚めていなかったらしいが、次の瞬間、思わず受話器を耳から離したという。

「僕らの歌を、聞いてください」

と言って生ギターの演奏に合わせ、「東へ西へ」（作詞・作曲＝井上陽水）を、唄いはじめたのである。酔っている私たちの歌は、聞くに耐え難いものであったろう。そのおかげで、谷内さんも、すっかり目を覚ましたらしい。歌が終わると、今度は、友人たちが、順番に電話に出てあいさつをしてきた。そして、最後に、また、私が大きな声で、谷内さんに礼を言ったのだ。

「歌を聞いてくれてありがとう。今日は、ごめんね、またね～」

プツンと電話が切れると、一人、アパートの部屋で、谷内さんは、嵐のあとの静けさを味わったという。

（ずいぶんと盛り上がってたな、私も行きたい）

そんな思いで、また、床に就くが、なかなか眠れなかったらしい。まったく彼女にしてみれば、いい迷惑だっただろう。

昭和五十七年四月五日、小田急相模原駅から十分ほど歩いたところにある、神奈川身体障害者職業訓練校の入学式が行なわれた。

この年は、首都圏を中心に、全国から六十七名が入校していた。そして、デザイン科の七名の中に、私はいた。両手にクラッチを持ち、両足義足で、歩いていた。中途障害の私は、障害を持った人が、こんなにもたくさんいることに、ただ、驚くばかりだった。

私は、前日に、訓練校敷地内の寮に、生活用具一式を持って入寮して、入学式には、寮から歩いて参加したのである。体育館での式が終わると、それぞれの教室に分かれ、担当教員とあいさつ、この時から、社会復帰のための訓練が始まったのだ。

入校して、最初の日曜日、谷内さんが訓練校を訪ねてくれた。午後一時過ぎ、私の名前が、呼び出されたのだ。寮監室へ行ってみると、寮の入り口に、谷内さんが立っていたのである。

「どうも、こんな遠くまで、おつかれさまです」

私は、わざわざ来てくれた谷内さんに感謝した。二人で、寮を出ていった。

寮の前は、芝生が敷き詰められ、その周りには、樹々が生い茂っている。その中の幅一・二メートルほどの細い道を歩き出した。私は、ポロシャツに、バミューダのズボンを着て、車椅子に乗っていた。

「あっ、いっけねえ、タオル掛けてくるの忘れた」

「取りに戻りますか」

「いや、今日は暖かいから、足も冷えないスよ。このままで行きましょう」

私は、車椅子を漕いで、前へ進みだした。

（この人は、足を冷やさないために、タオルを掛けているみたいだ。この前、駅まで送ってくれた時、暗かったから気が付かなかったけど……。この人は、人目を気にして、隠そうとしていないみたい）

谷内さんはそんな思いで、後ろから続いたという。訓練校の正門を出た私たちは、前の国立病院の正門前広場まで歩いていった。そして、そこに面している「ＪＩＮ」と書かれた喫茶店に、入ることにしたのだ。

ここまで来るのに、何人もの人間とすれ違い、みんなが、振り向きながら、私の足を見ていった。そんなことなど気にもせず、私は平然と進んだ。

「ＪＩＮ」の入り口まで来た時、小学生の少年が、私に話しかけてきた。

「お兄ちゃん、なんで、足、なくしたの」

私は、その小学生を振り返り、笑顔で話しかけた。

「実はね、お兄ちゃん、交通事故で、ダンプカーとぶつかって、足がぐちゃぐちゃになったんだよ」

小学生は、驚いた様子でうなずいた。

「へえー、でも、死ななくてよかったね」

「そうなんだよ。だけど、交通事故で、死んじゃう人が、多いよね。僕、大きくなったら、交通事故のない街にしてくれよ。頼んだよ」

小学生は、胸を張って瞳を輝かせた。

「うん、わかったよ。任せといて」

「じゃあね」

それを、聞いていた谷内さんは、あっけに取られていたようだった。一番気になる足について聞かれ、笑顔で応じた。さらに、交通事故のない社会建設も依頼した。あんなにも、明るく応対ができるものだろうか。谷内さんは、これは作られたドラマではないかと思ったという。すぐに、私が、「ＪＩＮ」の扉を開け中へ入っていくと、あわてて谷内さんも、あとに続いてきた。

私たちは、そこで、お茶を飲みながら語り合ったのである。谷内さんが言うには、私の話の中には、文句、愚痴、悪口などが、一つもなかったそうだ。だから、私と話しているだけで、元気になることを感じたという。

「ＪＩＮ」から、私たちが外へ出ると、すでに、黄昏に包まれていた。

谷内さんは、正門前のバスターミナルから、バスに乗り、小田急相模原駅へと向かった。

走り去るバスに、私は、手を振って見送った。それから、毎週日曜、谷内さんは訓練校へ来るようになった。寮の同窓生たちは、谷内さんを、私の恋人だと思っていたようだ。しかし、私は、ただの友だちだと否定した。ところが、この頃より、私の中で、谷内京子という女性が、大きな存在になってきたのは、間違いなかった。

一方、谷内さんも、私に対して何とも不思議な思いを、抱いたという。

それは、まだ、付き合いもないのに、互いの過去を、包み隠さず話し合えたのは、なぜか？

そして、五回しか会っていないのに、心の奥底では、昔から知っているように思えるのは、なぜか？　ということだった。

入校以来、四度目の土曜日、私は、外泊許可を取って、自宅に帰った。この日、姉夫婦も帰省して、久しぶりに家族がそろった。そして、その中に、仕事を終え、駆けつけた谷内さんの姿もあった。

午後八時、「乾杯」とグラスを空けた私が、改めて、谷内さんを紹介した。

「義兄さん、姉ちゃん、こちら谷内京子さんです。足ある時からの友だち」

そう紹介された谷内さんは、頭を下げてから、あいさつした。

「はじめまして、谷内と申します」

「こちらこそ、よろしくお願いします」

姉夫婦が、あいさつすると、義兄が、私に聞いてきた。

「ところで、義之、友人というけど、いつ、どこで、巡り会ってるの？」

私は、谷内さんとの出会いから、今日までを語りながら、大いに盛り上がった。

深夜十二時、両親を一階へ残し、二階の私の部屋で、二次会が始まった。

スピーカーから流れるスローなメロディーが、酔いを心地よくした。四人は、午前三時まで人生を語り合った。もちろん、この日、谷内さんは、はじめて私の家に泊まったのである。

昭和五十七年四月二十九日、現在は、「昭和の日」として祝日になっている。当時は、昭和天皇の誕生日としての祭日だった。

　私と谷内さんが会うのは、この日で八回目である。彼女は、午前中から訓練校の寮へ来ていた。早く来たのには理由があった。それは、夕方の六時から、彼女の勤める腎臓クリニック主催のボウリング大会に、参加するためだった。だから、遅くとも、午後四時には、寮を出発する必要があったのだ。

　私たちは、午前中、寮で過ごし、昼食は、いつもの喫茶店で済ませた。午後三時頃に、寮へ帰ってきて娯楽室にいると、あっという間に、一時間がたった。午後四時、谷内さんが帰路に着いた。

「じゃ、バス停まで送るよ」

「ありがとう」

　私たちは、正門を出ると、左へ曲がった。少し進んだところで、私は、改まった気持ちで谷内さんに話しかけた。

「あのね。俺は、はっきりしないと、ダメな性格だから、はっきり言います。僕の恋人になっていただけませんか」

単刀直入であった。このように言い切れたのも、自らの可能性への自信を取り戻していたからだ。しかし、そう言われた谷内さんも、すぐに答えてくれた。

「はい」

「ありがとう、じゃ、よろしくね」

私が、手を差し出すと、彼女も、それに応え、二人は、固い握手をした。

「こちらこそ」

私と谷内さんは、この世に生を受け、八度目に会った時、恋人同士となる。そして、九度目には、結婚を約束した。果たして九回しか会ったことのない者同士が、結婚を決めていいのだろうか。しかし、それが、人の縁なのかもしれない。彼女が、結婚を決めた条件は、年収でも、どんな仕事をしているのかでもなかった。また、見かけのよさでもない。私は、無職であったし、これから、どこに就職するのかもわからない。ましてや両足のない男である。彼女が、求めたものは、「どんな生き方」をしているかであったという。そして、その生き方で、将来の幸・不幸も、決まると思ったと語る。

私たちは、はじめて会った時、何も感ずることなく別れた。それから二年の歳月が、二人を大きく変えたようだ。再会すると、遠い昔の約束を思い出すように、結婚を誓い合った。

人の縁とは、本当に不思議なものである。そんな、私たちを結び付けていたのは、電話番号を書き込んだ、一枚の切符であった。結婚を約束した日、国立病院正門前のバスターミナルまで、見送りにきた私は、谷内さんの目を見て話しかけた。

「俺たちの結婚には、君の両親が絶対反対すると思う。だから、すべての人に、賛成してもらってから結婚しようね」

すると、彼女も、私の目を見て深くうなずいた。バスに乗り込んだ彼女は、すぐには座らず、外にいる私を見た。私は、Ｖサインを示したあと、右手を左右に振った。バスが走りはじめると、彼女もあわてて手を振っていた。私は、バスが見えなくなると、

（よし、結婚するためにも、まずは、仕事だ）

と、職業訓練に全力で取り組もうと車椅子を走らせた。すでに、日が暮れた道路には、街灯の火が灯っていた。

社会復帰

デザイン科の担当教員は、大滝先生といった。昭和五十七年度のデザイン科には、七名の訓練性がいた。名古屋から来た林田君は、ろうあである。栃木から来た春山君は、脳性小児麻痺だ。新潟からの山上さんは、先天性の両足麻痺であろうか、車椅子に乗っていた。また、愛媛から入校の外山君も、ろうあ者で、熊本からの真下さんは、左半身が若干麻痺していた。横浜に住む西川さんは、交通事故による障害で、片足に補装具を着けて歩いていた。そして、両足義足の私だった。何と、全員が男であった。

デザイン科の実技は、グラフィックコースと広告美術の二コースに分かれて訓練する。私と山上さん、林田君、外山君は、グラフィックを選択し、西川さん、真下さん、春山君は、広告美術を学ぶことにした。

グラフィックは、担任の大滝先生が教え、広告美術は、神奈川県広告美術協会の会員、つまり看板業に携わる三人のプロフェッショナルが、交替で教えにきた。デザインに関する学科は、七名全員に、大滝先生が講義した。四月中旬には、会長の誕生とともに生徒会が発足し、各クラスにも正副の代議員が選ばれた。クラブ活動も行なわれた。

私は、車椅子のバスケットボールクラブに入り、ギタークラブも創設し、部員を募った。するると、十数名のメンバーが集まったのだ。クラブ顧問には、洋裁科教員の矢沢久美子先生にお願いした。そんな中、担任の大滝先生が心配そうに、私のところへやってきた。

「須藤君、二つのクラブに在籍して、訓練のほうは大丈夫なのかい？　ましてや、君は、車の教習も受けるんだろ」

「大丈夫っスよ。忙しいほうが、身体もよく動きますから」

笑顔で答える私に、大滝先生は、念を押すように聞いた。

「本当だろうね。あまり調子に、乗らないようにね」

「はい、わかってます」

私は、きっぱりと言った。十八歳の時、私は自動車教習所を卒業していた。あと、警察の筆記試験を受ければ、免許を取得できた。ところが、その前にオートバイの事故に遭ったのだ。一年以上の入院で、卒業証の有効期限も切れ、また、交通事故の苦しさを味わった私は、もう、車には乗らないと決めた。

しかし、両足がなくなった時、どうしても車の必要性を痛感した。だから、この訓練校で、車の教習を受けることにしたのである。もちろん、周りの反対はあったが。

大滝先生の心配をよそに、私は、そのままの状態で、すべてに挑んでいった。

私の日課は、寮生活のため朝六時起床。寮内の清掃から始まる。午前八時、食堂で朝食。午前九時からは、訓練が始まった。

デザインに関する学科と実技を、午後三時まで学んだ。学科は、デザインの歴史から始まり、色彩、印刷の知識なども講義された。実技は、レタリング、罫引き、デッサンなど課題がどんどん出された。訓練が終わると、一息ついて、午後五時半に夕食であった。それが終わると、校内にあるコースで車の教習を受けた。運転するのは慣れていた。毎週水曜日、午後三時過ぎから、寮内の娯楽室でギタークラブの活動をした。私のガットギターと、デザイン科の西川さんのフォークギター二本の演奏で、集まったメンバーで、大いに唄った。時には、夜の八時過ぎまで、唄い続けることもあった。金曜日には、車椅子のバスケットボールクラブに参加して、汗を流した。

寮では、午後九時半が門限で、午後十時が消灯になっていた。しかし、そんな時間には就寝できない。薄暗い部屋の中で、コーヒーを飲みながら、同部屋の春山君と深夜十二時過ぎまで語り合った。毎日、こんな生活が繰り返されたのである。

実技の課題は、どんどん出された。しかし、私にはクラブ活動、車の教習と時間の拘束があった。だから、私は訓練が終わって、夕食までの時間、教室に残って課題に取り組んだ。さらに、食後、車の教習が済むと、また、教室に戻って寮の門限ぎりぎりまで、課題に取り組んだ。こんな努力が、デザイン科の他の人たちにも広がり、みんな「残業」と称して頑張るようになっていく。

五月の連休、新城の自宅に帰っていた。谷内さんも、福島の実家には帰省せず、我が家に来ていた。私は、この時、両親に改めて谷内さんを紹介した。

「実は今、結婚を前提として付き合っているから」

父からの答え。

「あっ、そうか。それはよろしく」

母からの答え。

「京子さん、ありがとう。本当にいいの？　義之は強引なところがあるから、これから先、もし嫌になったら、いつでも、やめていいのよ。ご両親は、絶対に結婚に反対されると思う。私だって、娘が両足ない人を連れてきて、結婚したいと言われても、すぐに賛成できるかわからないもの」

一時の感情ではなく、しっかりと厳しい現実を見据えた母の意見であった。しかし、そう言われた谷内さんは、首を横に振った。この頃から、谷内さんを「京」と呼び、谷内さんは、私を「ヨー」と呼ぶようになっていく。

七月になると、暑さを感じるようになる。いつものように、車の教習を終えた私は、「残業」をするため、デザイン科の教室へやってきた。この日、広告美術の春山君が残業していた。

「春ちゃん、頑張ってるね」

私が言った。

「ええ、なかなか、みんなに追い付かないから」

春山君が笑顔で答えた。彼はその障害のため、筆を紙に着けてから、一気に線が引けなかった。だから、少しずつ線を引いた。私は、春山君に提案した。

「春ちゃん、八時で終わりにして、「ＪＩＮ」にビール飲みにいこうよ」

「はあ」

午後八時、教室の電気を消した私たちは、「ＪＩＮ」に向かった。入り口から、すぐ近くのボックスに着くと、ビールとアタリメを注文した。すぐに、私は春山君に言った。

「お互い一本ずつで、ちょうどいいでしょ」

「はあ」

「春ちゃんは、あまり酒は飲まないの？」

「あまりって、ほとんど飲んだことありません」

驚いた私は、自分が一本半飲んで、春山君には、半分だけ飲んでもらうことにした。帰り道、脳性小児麻痺のため、いつも踊るように歩く春山君に、アルコールが注入されたのだ。もう、飛び跳ねながら歩いていた。

「春ちゃん、大丈夫かあ」

「は～い～」

しばらく行くと、前から車が、走ってきた。私が、また、声をかけた。

「春ちゃ～ん、前から車が来るぞ～。気を付けろ～」

前を行く春山君が、夜空に叫んだ。

「車なんか恐くね～ぞ～。オー」

雄叫びを上げて、前へ前へと飛び跳ねた。その瞬間である。車のほうで、大きく避けて通過していったのだ。そこには、「ホッ」とした私の姿と、勝ち誇ったように歩く、春山君の姿が見えた。

この間、京とは、一週間に一度は会っていた。そして、彼女の提案で交換日記を始めた。いつ頃からか、「さあ、やろう」という言葉が、最後に書かれるようになっていた。私たちは、結婚へ向かって、一つひとつ前進することに、充実感を覚えたのである。七月末、学期末の筆記と実技の試験が終わると、夏季休暇であった。この三十日間、私は、しっかりと充電して過ごした。

九月一日、始業式が終わると、すぐに教室で訓練が開始された。みんな、それぞれ課題があるため、勝手に作業を始めるのだ。

大滝先生から、グラフィックのメンバーに、十月三十一日に開催される、地域技能祭のポスターデザインを考えるように指示があった。二学期、私には、すぐに挑戦することがあった。警察試験場へ、免許取得にいくのである。九月七日、一度目は、失敗に終わった。九月十四日、二度目でみごと、免許取得を達成した。その日、教室のドアを勢いよく開けた私は、勝利のVサインを示した。

「免許取れたな。須藤君」

大滝先生の声に、私は答えた。

「はい！」

これで、私の第一段階が終わったのである。翌日より、第二段階の就職へ向け、課題に取り組みながら、ポスターのデザインも考えた。

九月二十二日、寮を訪問してくれた自動車の営業の方に、「ミラージュ」(三菱自動車)を注文した。十月になると、すぐに大滝先生から、私を驚かす話があった。

「須藤君、今回の技能祭のポスターは、君がデザインしなさい」

「えっ、僕が、デザインするんですか」

「そうだよ」

と言った大滝先生は、教室の前へ行き、みんなに聞こえるように話し出した。

「広告美術は、当日の立て看板を書いてもらいます。グラフィックのほうは、紙粘土で人形を作ります。これは、当日、教室で売りますから、見学にきた人たちが、買いたくなるような素晴らしいものを、造ってもらいたい。それから、ポスターは、須藤君にやってもらいます」

地域技能祭へと、毎日が忙しくなっていった。さらに、十月になると、就職活動も始まった。

訓練校の体育館で、横浜、川崎、相模原の職業安定所の職員との面接会があった。そこで、私は川崎の職員の方に、車で通勤できる市内の会社なら、どこでもいいです、とお願いした。

十月十五日、私のデザインしたポスターが、地域に貼り出されたのである。やはり、自分の個性で作られた作品に、喜びは大きかった。

十月三十一日、地域技能祭当日、たくさんの人たちが午前中から訓練校を訪れた。もちろん、この日のために作られた人形は、ほとんど完売したのだ。午後から、両親と姉夫婦、そして、京が訓練校に顔を見せた。

「義之、おまえ、何やってんだ」

父親の声だった。

「ああ、どうも。俺、音響やってんだ」

「何だ、音響とは？」

「ほら、いい音楽が流れてるでしょ。あっ、そうだ、俺の作品見てってよ」

両親たちは、教室に貼り出されている作品に、目を通していった。

寒さを感じはじめる十一月。訓練生たちは、いよいよ、就職のために訓練に励んでいった。

そして、私の勧めもあって、京は武蔵新城へ引っ越す方向で、動き出した。我が家の近くに、いい物件が見つかり、十二月五日、引っ越しを決定する。京も一歩、さらに一歩と結婚へ前進していたのだ。

寮の前に広がる芝生の緑も色を変え、いよいよ師走、十二月を迎えた。その二日、川崎の職業安定所から、私を指名した求人票が訓練校に届いた。

川崎市川崎区にある、日高印刷株式会社であった。十二月十七日、私と大滝先生は、会社を訪問した。日高印刷では、その場で、

「一日も早く、来社していただきたい」

と言われた。さらに、もう一社、大滝先生の紹介で、中原区にある大きな印刷会社も訪問した。そこでも、

「君がいいと思ったら、来春から来てもらいたい」

と、社長より言われた。

何とデザイン科で、私が一番最初に、就職が決まったのである。十二月二十五日、終業式を終えた私は、すでに訓練校に届いていた「ミラージュ」に、生活用具を詰め込んで川崎の自宅へと向かった。来年からは、車で通学することになっていたのだ。

昭和五十八年一月八日、早朝五時半に起床した私は、午前六時三十分に、新城の自宅を出発した。この日から、訓練校への通学が始まった。一か月が過ぎると、この間に、デザイン科の仲間も、一人二人と就職が決まってきた。

私は、川崎区の日高印刷でお世話になることを決めた。最終的に、春山君だけが、もう一年残留訓練となり、あとのメンバーは、それぞれに進路を決めていった。

ある寒い朝、事故で道路が渋滞したため、学校に遅刻しそうな私は、車を校内に停めて、教室へと急いで歩いていた。もちろん両足義足で、両手にはクラッチを持っている。急ぐ時は、両手のクラッチを同時に前へ出し、あとから両足を、さらに、前に出すという歩き方をする。そう歩いていると、校内の道が凍り付いていたのだ。右手のクラッチが、氷の上に乗った瞬間、いきなり滑った。私の身体は、道路へ横に倒れてしまった。思いっ切り痛かったが、何とか立ち上がり教室へと駈け込んだ。肘がしっかりと、擦り剥けていたのである。

二月になると、グラフィックの訓練生に、最後の課題が出された。

「グラフィックのメンバーには、新書体をデザインしてもらいます。これは、最後の課題で、ここまで訓練が進まない年もあります。今年は、ずいぶん、頑張ったな。二月早々に、始められるとは思わなかったよ」

と言った大滝先生が、新書体作成について説明を始めた。それが終わると、私たちは、一斉に、ラフを書き出した。毎日の通学の中、目に入る景色から、さまざまにイメージしたものを書き残した。それは、直線と円弧だけで文字を書くものである。すぐに、大滝先生のところへ行った。

「先生、デザイン決まりました。紙もらえますか」

先生は、Ｂ４のケント紙を五枚くれた。これに五センチ角の文字を書く。ひらがなとカタカナを二十六字ずつ、そして、漢字十五字を書けば、できあがりである。それが、すべての課題の終了だった。

通学を始めてから、大雪が降った時は大変だった。様子を見ながら出発したのは、午前十時だった。しっかりと安全運転しながら、やっと学校へ到着すると、ひと仕事が待っていた。

それは、両足義足で、はじめて、雪の上を歩くことである。手に持つクラッチが滑れば、すぐに転んでしまう。緊張感の中、ゆっくりとゆっくりと歩くしかなかった。

この頃、京は、その前の年の十二月から、我が家のすぐ近くのアパートに移り住んでいた。そして、仕事も東京の腎臓クリニックではなく、近くの総合病院へ勤めようと考えていた。

私は、その相談を受けると、

「さすが、国家試験免許だね。全国どこでも勤め先が、あるってことか」

と、大いに喜び賛成した。それを受けて京は、新城の京新病院を訪問し、二月中旬より勤めるように決定する。

二月末、私は、新書体の清書をほぼ仕上げていた。それを見た大滝先生が、嬉しいことを言ってくれた。

「須藤君、なかなかいいじゃないか。メーカー主催の新書体コンテストに、出品してみればいいよ」

「なんですか、それは?」

「三年に一度、新書体のコンテストがあるんだ。グランプリには、賞金三百万円だよ」

「ゲッ! 三百万円ですか。挑戦したくなりますね」

「やってみるといいよ」

これは後日談、その後、社会に出た私は、メーカーから用紙を取り寄せるが、相変わらずの忙しさで、自らの新書体は応募できなかった。

三月。清書を仕上げた私は、あとは、卒業を待つだけとなる。

二月中旬より、京新病院へ勤め出した京は、はじめての人間関係に、かなり悪戦苦闘していたようだ。私と会っていても、時には笑顔がなくなり、何か考えごとをしているような……。

さらに、今の職場の愚痴をこぼすようになった。私は、そんな京に、元気を出してもらいたかった。三月三日の夕方、待ち合わせていた二人は、いつもの喫茶店で過ごしていた。

「元気出た？」

私の問いに、いつもとは違う反応で、うなずく笑顔がぎこちなかった。

私は、

「愚痴を言っても、現実は変わらない」

と言い、それを好転させるには、「挑戦していくしかない」と自らの持論を、京に強要していたのかもしれない。

「だけど、はじめての職場で、ドクターと看護婦と、患者さんの名前と顔が、一致しないのに、主任さんなんか、もう知ってるように言ってくるのよ。もう、悩んじゃうよ」

と彼女が言った。

「それじゃ、一日も早く、名前と顔を覚えるしかないジャン」

「それは、わかってるけど、あまりにも期待が、大きすぎるんだよね」

「だから、その期待に、応えていけばいいジャン」

「そう簡単に言うけれど、ヨーなんかに、私の気持ちわからないでしょ」

京は、そう言ってから、目をそらした。

「ちょっと待てよ。確かに俺は、京の心の奥までは、わからないかもしれない。だけど……」

私が話しかけても、京は、窓の外へ目を向けたままでいた。それを見た私は、激怒した。

「おい！　てめえの仕事のことで、落ち込んでいて、俺への接し方もそうなるのかよ。ばかやろう」

かなりの大声で、店の中は、一瞬静まり返った。京は、目を丸くしていた。すると、目に涙を溜め、レシートを手に立ち上がり、レジで支払いを済ませると、店の外へ飛び出していったのだ。あとから、私も続いたが、両足義足では、追い付くはずもなく、京の姿は、新城の街の中へと消えていった。

（カッとするなんて、まだまだ、若いな）

と反省した私は、向きを変え、自分の車へと歩き出した。アパートへ歩きながら、京は、こう思ったという。

（あんなに短気な人とは、思わなかった）

さらに、部屋に着いてからも、目を潤ませて、心の中でこう叫んでいた。

（あなたは、すべて自分自身だという。だから、自分が変わらなければ何も変わらないと。確かに、そうかもしれない……。だけど……、だけど、あなたみたいに強くないの……。たまには、優しく包み込んでほしい……。なのに……）

この間に、私は自宅から、彼女のアパートへ電話をするが、受話器が取られることはなかった。

翌日、大滝先生より、嬉しい知らせが届いた。それは、今年の優秀訓練生に、私が決定したと告げられたのである。毎年、頑張った生徒二名に、県知事より表彰状が贈られるという。昭和五十七年度は、私と写植科の山田さんに決まったのである。

「先生、それは嬉しいですね」

「ああ、デザイン科からは、久し振りだよ。まったく、はじめは車の教習もあるのに、ギタークラブを創り、バスケットボール部に在籍して、訓練がしっかりできるか心配したよ。だけど、全部やり切ったからなあ」

「いや〜、自分は、ある程度のプレッシャーもないと真剣にならないし」

その日、夕方六時に自宅へ着いた私は、すぐに、京のところへ電話した。しかし、いくらベルが鳴っても、彼女は出なかった。受話器を置くと、すぐに義足を取り、車椅子に乗って、アパートまで行ったが、彼女の部屋には、灯りがついていなかった。午後十一時三十分、私は、五回目の電話をかけた。

「はい、谷内です」

安堵感を味わってから、私は、声を出した。

「あっ、俺だけど、昨日はごめんね。つい、カッとしてしまってさ」

「本当、ビックリしたよ。ヨーって、短気なんだね」

「いや～、短気じゃなくて、のんきだよ」

私は、いつになく明るく、ジョークを言ったが、京の反応は、どことなく、ぎこちなかった。でも、話を続けていく中で、彼女からも笑い声が聞かれ、仲直りができたようだった。

卒業間近の週末、私たちは、デザイン科、ギタークラブ、洋裁科など、たくさんの訓練生で卒業コンパを催した。いつもの焼き肉店で、盛大に乾杯から始まったが、私は車で帰るため、コーラをお代わりしながら大いに食べた。

三月八日、卒業式。実は、須藤家にとって、信じられない事態が起きていた。私の両親が、式に列席していたのである。小、中学は、母親が参加したが、高校、専門学校と、私一人での出席だった。いろいろ問題も起こしていたし、きっと親も参加しにくい状況だったと思う。

開会あいさつのあと、卒業する訓練生、一人ひとりの名前が呼ばれた。順番に「はい」という声が、聞こえていった。全員の連呼が終わったところで、代表の義肢装具科で生徒会長だった渡辺さんが、前に進み出て、修了証を受け取った。次に司会者が、

「昭和五十七年度、優秀訓練生表彰」

と発声した。そして、「山田進」と呼んだ。

「はい」

車椅子に乗った山田さんが返事をして、前に進み出た。表彰状を受けると、一礼して元の位置に戻った。次に、私の名前が呼ばれた。

「須藤義之」

「はい」

最前列の椅子に座っている私は、そう答え、ゆっくりと、立ち上がろうとした。その時であった。途中で、義足の右足の膝が「カクン」と曲がったのである。私は、そのまま崩れるように、椅子の前に転んだ。静寂した体育館に、「ガタン」という音が、響き渡った。みんなが、私のほうへ視線を向けたと思う。もちろん、私の両親も。

私が、照れ笑いを浮かべ立ち上がろうとすると、先生たちが駆け寄り、両腕を抱えるようにして、椅子へ座らせてくれた。副知事が自ら歩み寄り、座っている私に、表彰状を指し出した。

「おめでとう。よく頑張ったね」

「ありがとうございます」

私が、受け取ると、拍手が沸きおこった。

次に、校長あいさつ、来賓あいさつと式は続いた。その中に、こんな話があった。

「みなさんの頑張っている姿を見ると、私たちは、励まされます」

それを聞いた私は、まだまだ、若かったせいか、こう思っていた。

（障害があろうと、なかろうと、平等な人権を持つ同じ人間じゃないか。いや、障害があっても、一人の人間を勇気づけ、激励し、ともに幸せになっていけないはずがない）

背筋を、伸ばした私は、

（俺は、人間として生きていくぞ）

心の中で、力強く決意していた。

式終了後、私は、大滝先生や同級生たちみんなに、感謝の気持ちと別れの言葉を送った。

両親を助手席と後部座席に乗せた私は、左手でアクセルをふかし、車を走らせた。私のスーツの内ポケットには、七十数万円の現金が入っていた。これは、期間中、毎月支給された訓練手当の中から、二万円を本人に渡し、残金を訓練校側で預金していてくれた、合計金額であった。

「この金は、結納金だね」

私の声に、父親が答えた。

「ああ、そうだな。しかし、職業訓練と就職まで面倒見てくれて、手当までもらえるなんて、ありがたいことだぞ」

「その通りだよ。しっかり頑張らないといけないよ」

今度は、母の声だった。二人とも、私が優秀訓練生として表彰され、喜びを感じているようで、笑顔が絶えなかった。

「わかってるよ。これからが本当の勝負だよ」

と言った私は、さらに、アクセルをふかした。国道二四六号線の両脇の景色に、若葉の緑が見えはじめていた。暖かな日差しが、まさに春を感じさせ、すべてが芽生えようとしていた。

そして、私も再度、新社会人として、芽生えようとしていたのだ。

昭和五十八年三月二十八日から初出勤する私は、それまでに、二十日間の休暇があった。三月二十日、春分の日、私と京は、横浜に映画を見に出かけた。午後一時、新城を出発し、映画を見て、山下公園に来たのは夕方であった。そこから、私たちは中華街へと歩き、コース料理を注文した。

「今日は、腹一杯、食べような」

心配そうな顔をしている京に、また私が話しかけた。

「大丈夫だよ。ちゃんと訓練手当、もらったから」

私たちは、太ることなど気にせず、思いっ切り食べた。店の外へ出ると、すでに街にはイルミネーションが、眩しいくらい輝いていた。車に乗った私は、夜景が見たくなり、港の見える丘公園へ向かって、アクセルをふかした。横浜の街灯りが、この世の楽園を思いおこさせるには、充分すぎた。

「すっげえー、最高だね」

京が、笑い出した。

「どうした？　何か変なこと言った？」

「いいえ、ただ、ヨーらしいと思ったの」

車は、横浜の街へと下っていき、新城の公園で別れたのは、午後九時半過ぎだった。楽しい一日であった。そのはずだったのに、帰りの車中、また、京を厳しい口調で怒鳴ってしまった。自宅へ戻ると、すぐに、部屋へ上がった。

煙草に火を着けると、「フウー」、煙とため息が、一緒に出た。

（また、怒鳴ってしまったな。だけど、京、君の弱いところを攻めているんじゃないんだ。もっと、強くなってもらいたいんだ）

祈るような思いだった。

翌日も、翌々日も、京には電話をしなかった。ましてや、会うこともない。彼女を励ますのに、どうすればいいのか思い悩んでいった。

三月二十七日、明日は、いよいよ初出勤である。少し緊張ぎみの私は、午後八時過ぎ、久し振りに、京へ電話してみた。

「もしもし、俺だけど、久し振りだね」

「あっ、ヨー……、本当だね」

二人は、お互いの心を、確かめるように話した。

「明日、いよいよ、初出勤するからさ。それだけ言おうと思って、電話したんだ」

「頑張ってね」

「ああ、二年と半年ぶりの社会人だからね」

そこで、会話が途切れ、少しの時が流れた。すると、今度は、京から声を出してきた。

「ヨー、ありがとう」

「ん？」

「電話、来なくて淋しかった」

「ごめんな。俺も厳しいことばかり言って、これでいいのか考えちゃってさ」

この日、お互いに受話器を置こうとせず、一時間近くも互いの心を確認し合った。

（京、負けないで頑張ろうな）

受話器を置いた私は、心の中で、彼女に、そして、自分にも激を飛ばしたのである。なぜか、イーグルスの「テイク・イット・トゥ・ザ・リミット」が聞きたくなり、ヘッドホンで、じっくりと、じっくりと聞き入った。込み上げるのは、明日からの再就職と、さらに、結婚へ向かって前進しようとする熱き思いであった。

三月二十八日、朝七時三十分に出発。踏切を越え、南武沿線道路を抜けた。朝の通勤の車は、かなりスピードを出していて、その流れに合わせると、時には時速八十キロ以上で走ることもあった。会社のタイムカードを押したのは、午前八時三十五分だった。

「おはようございます」

大きな声で中へ入ると、すぐ、左側のドアが開き、中から三十代後半と思われる女性が、顔を見せた。

「今日からお世話になる、須藤と申します。よろしくお願いします」

「おはようございます。こちらこそ」

と答えた女性が、私を中へ案内してくれた。しかし、靴を脱ぐため、一度、椅子に座りたかった。

「すいません。あの、靴を脱ぎたいので、丸椅子か何かありませんか」

「ああ、須藤さんは、靴のままで結構ですよ」

「あっ、そうですか。ありがとうございます」

そのまま中へ入ると、その女性が、私の仕事場の席へ案内してくれた。

午前九時十分。社長が、私のいる部屋に姿を見せると、従業員全員がそこに集まった。

「おはようございます。えー、今度、我が社に来てくれるようになった、須藤義之君です。彼は、デザインの勉強をしてきているので、版下のほうを担当してもらいます。では、須藤君のほうから、自己紹介してください」

みんなの視線が、私に向かった。

「はい、このたび、お世話になることになりました須藤義之と申します。とにかく、何でも一生懸命に頑張って参りますので、よろしくお願いいたします」

とにかく頑張る。これが、社会復帰した私の第一声であった。

ロンリーナイト

私は、写真植字機も打った。訓練校では、それ専門の訓練はしていないが、その知識と実技は経験していた。一枚一枚、版下を作っていくためには、どうしても、写真植字も必要であった。

「とにかく頑張る」のだから、できることは何でもやろうと挑戦した。

版下製作には、私の他に、二人の女性がいた。一人は、初出社の時、私を案内してくれた野山さん。この部屋のチーフだ。もう一人は、二十代後半の宮西さん。まだ、新婚のようだ。昼休み、そんな宮西さんと話しているうち、彼女が、北海道出身であることがわかった。

「へえー、北海道出身なんですか。実は、僕もそうなんです」

「本当、どこなんですか」

「八雲というところです」

「私、八雲は、知ってますよ」

「あっ、そうですか。宮西さんは、どこなんですか」

「札幌」

「じゃ、都会じゃないスか」

宮西さんは結婚して、まだ一年半だった。彼女のご主人は、画家で、しかも、かなりの年の差があったようだ。

「だから、結婚には、反対されたのよ」

「へえー、今は、どうなんスか」

「んー、まだ、心から賛成はしてないみたい」

私は、宮西さんと話していくうち、自分の結婚について聞いてもらいたくなった。

「実は、自分も、今、結婚を考えてるんですよ。もちろん、彼女には、障害はありません。だから、絶対、彼女の両親には、反対されると思うんですよ」

「うーん、そうかもしれないけど、でも須藤さんは、こうやって、ちゃんと仕事してるんだから、大丈夫よ」

私は、京との出会いから再会、そして、結婚へと歩むまでを話した。

「なんか、感動的なお話ね」

「そうスか。でも、まさか一枚の切符が、二人を結び付けていたとは、思ってもみませんでしたよ」

私は、これから先、いつ結婚できるかわからないが、毎月の給料の中から、五万円を預金しようと決めていた。

四月初旬、社長から、昇給についての話があった。それによると、本年度は昇給なしという結論だった。

（何だ、この会社、そんなに厳しい経営状態だったのか）

私の感想だった。この日から数日間は、全員が定時の午後五時半に退社した。労働組合のない中小企業、従業員のせめてもの抵抗なのであろう。四月中旬過ぎの週末、私は、訓練校の恩師、大滝先生と、川崎駅で待ち合わせをした。

すでに、大滝先生も、京のことを知っていた。

しかし、社会人となった私は、改めて、結婚を前提とした恋人であると紹介したかったのだ。

私たち三人は、京浜急行の川崎駅近くの居酒屋へ入った。

「先生、この前、社長から話があって、今年の昇給は、ないそうですよ」

「へえー、経営が厳しいのかな」

「赤字経営かもしれません」

料理が運ばれてくると、私たちは、箸をつけながらの対話となった。私は、改めて話し出した。

「先生、実は、谷内京子さんなんですが」

「んー、よく知ってるよ」

「ええ、いや、自分も、やっと社会人となりましたんで、改めて紹介しますが、彼女と結婚しようと思ってます」

大滝先生は、少し目を丸くして、京へ視線を移した。彼女は、深くうなずいた。

「そうか、よかったじゃないか。おめでとう」

「はい、頑張ります。僕らの気持ちは、そうなんですが、まだ、彼女の両親から許しは、もらってないんですよ」

「そうか、確かに、二人だけの問題じゃないからな。すぐには、賛成されないかもな……。でも、君たち二人の気持ちが、そこまで決まっていれば大丈夫だよ。僕に、できることなら、何でも応援するからね」

「ありがとうございます」

今度は、私が、先生にお願いした。

「先生、僕らの結婚式、あいさつ頼みます」

「ああ、任しといて」

大滝先生は、本当に気持ちよく、喜んでくれた。午後十時過ぎ、店を出た私たちは、車まで歩いた。

「先生、今日は、自分から誘いましたんで、自宅まで送りますよ」

車は、国道十五号を通って、横浜に出た。国道一号から十六号へ出て、横須賀へ向かった。横須賀市岩戸の自宅前で、大滝先生を降ろしたのは、午後十一時四十五分過ぎだった。

「それじゃ、失礼します。ありがとうございました」

私と京は、窓越しに礼を言って、走り出した。今度は、川崎へ向かっていた。四月十日、深夜十二時四十五分、横浜を過ぎた車は、すでに、川崎市中原区へと連なる綱島街道を走っていた。私が、提案した。

「なあ、温かいコーヒーでも飲まない」

「うん、飲みたいね」

街道沿いのファミリーレストランに入った。そして、コーヒー二つとサンドイッチを注文した。

「今日……、いや、昨日か。先生も喜んでくれたみたいだな」

「そうだね」

温かなコーヒーが、疲れた身体に染みた。私は、煙草を、ゆっくり深く吸い込んだ。

「京は、今、貯金してるんだろ」

「うん、百万は、貯めようと思ってる」

「すごいナ、俺も、毎月五万ずつ貯金するからさ」

私は、職場の模様を京に話した。京は病院での出来事を語った。聞いているうちに、彼女の弱いところが見えてきた。

「それじゃ、京が、どんどん孤独になっちゃうジャン」

彼女は、少し驚いた顔で、私を見た。さらに、私が付け加えた。

「だから、自分から、どんどん話しかけていかなきゃだめだよ。わかるだろ」

京は、下を向いてから、窓の外を見つめた。私から、視線をはずしたのである。私が、話しかけようとした時、京は、そのまま外を見ていた。また、私が語気を強め、

「おい、人の話、聞いてんのかよ」

しばらく静かな時が流れた。私は、煙草をプカプカと吹かした。京が向きを変え、ぎこちない笑顔を見せた。

「聞いてるよ。今、何て言おうか考えてたのに、なんで、そんなに怒るの？」

「人の話を、無視してるのかと思ったからだよ」

「だから、考えていたところだって言ったじゃない」

そのあと、すっかり会話が途切れてしまった。しばらくして、私たちは、支払いを済ませて店を出ると、車へ歩いた。

四月とはいえ、寒さを感じさせる深夜だった。いや、そんな二人の気持ちが、そう感じさせたのかもしれない。

いつもの公園で、京を降ろしたのは、午前二時を回ったところだった。それまでに、交わされた言葉は、実に少なかった。

私は、部屋のソファーの上にいた。

（これで、三回目だな……。お互い強くなっていきたいんだ）

煙草を灰皿にこすりつけて、私は、ベッドにもぐり込んだ。

この日以来、京は、ずっと悩み続けたと聞く。

その日、彼女は日勤で、午後五時にはアパートに帰っていた。午後八時過ぎ、京のところへ電話を入れた。

「はい、谷内です」

「俺だけど」

「……あっ、ヨー」

「どうだい調子は？」

私の問いかけに、京からの返事が遅れた。

「……うん」

その声を聞いた私は、急に心配になり、真面目に聞き返した。

「何か、元気ないみたいだな」

「……うん」

「どうしたの？」

しばらくしてから、京は、

「あのね。ヨーには、もっと、ヨーに合った人がいると思う。私はヨーを、ダメにすると思う」

この言葉は、別れを意味するのだろうか。私は、あわてて反論した。

「何言ってんだよ。俺に合っているのは京だけだよ。おかしなこと言うなよ」

「私は、結婚なんか、できない女だと思う」

「どうしたんだよ。今まで、結婚に向かって、二人で努力してきたジャンか。そのために、京だって、貯金もして、新城にも引っ越してきて、職場だってすぐ近くに、代えたんじゃないのかい」

「そうだけど、でも、私は、ヨーの期待に応えられない。結婚なんか、できる女じゃない」

「京……、俺も、結婚へと努力してきたつもりだよ。これからも、頑張ろうと思ってる」

「……うん」

少しの時間が、流れた。

「俺と京は、結婚へと一生懸命に頑張ってきた。その努力は、結婚して、はじめて報われるんじゃないのか」

この日の会話には、沈黙する時間が多かった。しばらくの沈黙のあとに、また、私が話し出した。

「だからさ、もし……、もし、結婚しなかったとしたら、俺たちは、今までの努力に、ゼロをかけることになると思う。無駄な努力になるんじゃないかな」

「……うん、でも、私たち、本当に結婚していいんだろうか。私は、ダメな女よ」

「そんなこと言うなよ。京には、京にしかできないことがあるんだぞ。いや、俺にとって最高の女だと思ってる」

またも沈黙が続いた。その静けさに、耐えられなくなった私が、また声を出した。

「京、何のための努力だったと思う。結婚のためじゃないか」

「……もう、私には、わからない。ヨーを嫌いになったわけじゃないの。私がダメなのよ」

「俺を嫌いになったなら、諦められるよ。でも、そうじゃないなら考え直してくれないか」

彼女からの返事はなかった。

「ふうー」

私の、大きなため息だけが漏れた。それから三十分、私の説得が続いたのである。

最後の思いを、京へ投げかけた。

「俺たちが再会した時を、思い出してくれよ。それから、結婚へとスタートしたよね。もう、あの時の気持ちには、なれないのかな」

「……わからない……。もし……、ヨー」

「なんだい」

次の京の声を聞くのに、ずいぶんと時間がかかった。

「私たち……、私たち、一度別れて距離を置いてみては、どうかな。もし、本当に、お互いを必要とするなら、また、戻ると思うの……。少し離れて考えてみたいの」

すぐに、私は返事をしなかった。受話器を握りながら、煙草に火を着け、吸い込んだ煙を、ため息とともに吐き出してから答えた。

「わかった……。別れるよ。俺も、もう一度、考え直してみるよ。じゃ、明日から電話もしないよ……。それじゃ……、おやすみ」

「おやすみなさい」

この時、電話は切られたのである。煙草を、灰皿へこすりつけて消し、ベッドへ上がった。そのまま、仰向けに横になると、ずっと天井を見つめた。大きなスピーカーからは、ジョージ・ベンソンの曲が流れていた。

（京とは、別れたくない……。何のための努力だったんだ）

築き上げてきたものが、もろくも崩れてしまった。全身から力が抜けた。

（なぜ、なぜ、彼女の気持ちは、変わってしまったんだ。俺は、京を激励してきた。それは、彼女を想う気持ちが強いからだ。それほど愛しているからだ）

この時、ジョージ・ベンソンの曲が、「マスカレイド」（作詞・作曲＝レオン・ラッセル）になる。私は、ベッドからソファーに移動した。煙草に火を着け、大きく吸い込んだ。ため息混じりで吐き出した煙は、面白いぐらい重たそうに、ゆっくりと部屋に広がっていった。それを、しばらく目で追った。

(俺は、厳しすぎたんだろうか。いや、それは、彼女を想う気持ちが強いからだ。わかってもらえなかったんだろう……。言葉が足りなかったのか……。いや、すべては言い切ったつもりだ……。なぜ……)

煙草の煙を吐き出すたび、その行方を目で追った。ゆっくりと形を変えて、上昇していく、その様は、時には格好よく見え、時には情けなくも見えた。

(まさに、この煙みたいに、消え失せた……。京よ、なぜだ、なぜなんだ。車の免許も取って、車も買った。就職もした。それは、すべて結婚へのステップだったのに……。あとは、親の許しをもらうだけだったのに。だから、お互いに強くならなければ……)

時計の針は、深夜十二時を回っていて、すでに、スピーカーから流れる曲は、終わっていた。それに気付いた私は、「イーグルス」のライブテープを、デッキに入れた。

(あとは、俺たち二人が、強くなれば……。いや、ちょっと待てよ。もしかしたら俺は、自分の理想を、京に強要していただけかもしれない……。互いに育ったところも違う者同士なのに、俺の理想だけを、押し付けてきたのか)

ここで私は、京を、自分の気に入った色に、染めようとしていたことに気が付いた。そして、それは就職とともに、加速度を増していったのかもしれない。

(俺は、何を焦っていたんだろう。京には、いいところが一杯あるじゃないか。自分と一緒にしちゃ、ダメなんだ。頑張る京を、なんで、俺は、責めたりしたんだろう)

そう気が付いた時、深い反省の念に襲われた。

(焦ることはない。もっと、京を受け入れるべきだ。これから、いつ、彼女から電話が来るかわからない。いや、もう来ないかもしれない。だけど、俺は、この女と結婚しよう)

そう決めると、灰皿からの煙草の煙が、勝利の狼煙に見えたのだ。スピーカーから「テイク・イット・トゥ・ザ・リミット」が流れ出したので、目を閉じて、深く深く聴き入った。

人は、最悪の事態の中から、成長していく。そして、その人間の器を大きくする。私も、この別れで、また一つ、器量を、大きくしたのかもしれない。

別れの電話を切ったあと、京は、今までを振り返ったという。そして、本当に私と結婚していいのか、果たして、その結論が出るのか、そんな不安と淋しさの中で、涙を止めどなく流したと聞いた。

こんな二人が、なぜ、別れなければならないのか。もちろん、私は、京を嫌いになったわけじゃない。また、京も同じ気持ちだ。人の縁とは、本当に不思議である。二人が、この世に生を受け、はじめて会ったのは、昭和五十五年三月、この時、私は、調理師専門学校を卒業間近かだった。京は、友人の結婚式へ出席するため、上京した時だった。みんなで、渋谷の赤ちょうちんへ、飲みにいった。大いに盛り上がった帰り道、それぞれが電話番号を交換し合った。

この時は、お互いを何とも思わず別れた。それから二年、その間の出来事が、二人を大きく変えた。そして再会。二年前とは、違った。自然のうちに、心から互いを求めた。結婚へと歩みはじめたのも、自然と言える。それから、二人は、結婚への段階を、一段一段上がっていったのである。いよいよ、最後、両親の許しを得るばかりとなった時、私は、ラストスパートをかけた。走り出すと止まらなくなる私の性質からは、決して、そんなつもりはなかったのだが。

私の心は、京の手を取って、無理やりに走り出す。驚いたのは、京かもしれない。私から手を離さないと、転んでしまいそうになる。だけど、手を離せば、そのまま終わってしまうかもしれない。迷い、悩み、考え抜いた。しかし、どうすればいいかわからない。とうとう彼女は、手を離して、転んでしまった。私は、そのまま駆け抜けていく。私の姿が小さくなるのを目で追いながら、京は、どうすればいいのかわからず、泣き崩れる。はるか彼方でやっと立ち止まった私が、振り返り、京を見た。その時、はじめて彼女の苦労を知り、自らを後悔する。そして、そこで、京を待つことにした。しかし、手を離した二人は、遠く離れ離れとなる。そう、もうすでに、別れてしまったのだ。

昭和五十八年四月十二日、深夜、この日ほど、私と京にとって、淋しく、虚しい夜は、なかっただろう。ロンリーナイト……。

両親

昭和五十八年四月十三日、朝七時三十分、いつものように、私は、会社へと車を走らせた。少し寝不足で、運転中、あくびをすることが多かった。

（待つしかない。とにかく、今は、待つしかないんだ）

京と別れた私は、そう言い聞かせて、自らを励ました。午前中は、トレース作業で終わり、昼食をとった。昼休み、自宅から戻った版下製作の宮西さんに、私は、昨日の出来事を語った。

「宮西さん、実は昨日、彼女と別れちゃいましたよ」

「えー、本当？　だって、あとは両親の許しをもらうだけだって、言ってたじゃない。どうしたのよ」

「んー、俺が悪かったと思うよ」

「なんで」

「んー、俺が、彼女を自分の理想に近づけようと、結構、厳しいことを言い過ぎたんだと思う」

「そうなんだ」

それから、宮西さんは、自らの経験を話してくれた。

「須藤さん、女の人はね、いよいよ結婚となった時、考え直すのよ。本当に、この人と結婚してもいいのかってね。私も、そうだったのよ。年の差はあるし、親は、反対するしでね」

「へえー、そうなんスか」

「うん、でも、いつか踏ん切りがつくのね。だから、私は結婚したもの」

「へえー、いい話聞かせてもらった。俺、昨日、ずっと考えたんですけど、待ってみようかと思ってるんですよ」

午後五時四十二分、一日トレースで終わり、私は目に疲れを感じながら、タイムカードを押した。

「お先に失礼します」

残業している先輩にあいさつして、外へ出た。両足義足で歩いて車に乗ると、持参している目薬を、両目に差した。そして、人差し指と中指で、ゆっくり目をマッサージした。

（やっぱり、一日、ライトテーブルを使うと、目が痛いナ）

煙草を一本吸ってから、エンジンをかけた。会社がある大島上町から、川崎駅前に出るまで、道路は帰りの車で混雑していた。

（彼女を待つことに決めた。いつまで、待てばいいのだろうか。いや、ずっと待てばいいんだ）

そんな重たい気持ちで、アクセルを吹かした。やっと、駅前を抜けても、その日の南部沿線道路は混んでいた。私は、車の方向を変えて、多摩川沿線道路を走る。しかし、その日は、ここも混んでいたのだ。裏道をあっちこっちと走り、新城の自宅に着いたのは、午後六時四十五分だった。

「ただいま」

私が、玄関の上がり場に腰を降ろし、義足から靴を脱がせていると、奥のダイニングから、母が出てきた。

「お帰り。疲れたの？ 元気がないよ」

私は、「ドキッ」とした。昨日、京と別れ、落ち込んでいる心を見抜かれた気がしたのだ。だから、すぐに言い返した。

「いやー、元気あるよ。アハ、アハ……」

本心ではない。私は恥ずかしがり屋である。だから、自分の弱いところは、知られたくなく、すぐに空元気を出してしまうのだ。

「まっ！ 今に、元気が出るよ」

母は、そう言って奥に入っていった。

(何、わけのわかんないこと言ってんだ)

私は心で呟きながら、応接間へ入っていった。そこで義足をはずすと、ジャージのズボンをはいた。そして、両手を前後させながら、ダイニングへ向かった。テーブルに着くと、私は、わざと元気よく聞いた。

「親父さんは、まだ、帰ってないんだ」

「うん、残業で八時ぐらいになるって」

「ふーん、お湯、沸いてる?」

母が、テーブルのポットを指差した。私は、それでコーヒーを入れた。コーヒーの香りを味わいながら、煙草に火を着けた。

「ふうー」

煙を吐き出したが、ため息混じりなのは、私が一番知っていた。

「しかし、親父さんも、ずいぶんと頑張るね。もう、若くはないのに」

「当り前でしょ。事故ばっかりやって、両足までなくしたバカ息子がいるんだもの」

「まっ、そりゃそうだ。しかし、バカ息子はちょっと、酷いんでないかい」

私が、母の出身の北海道弁で言い返すと、ニコニコしながら母は、振り返って聞いた。

「それじゃ、バカ息子でなかったら、何息子だい?」

コーヒーを口にしていた私が、少し考えてから、答えた。

「……うん、やっぱり、バカ息子だな」

私は、食卓に料理が並べられると、まだ帰らぬ父と、目の前にいる母を残し、先に食べはじめた。テレビを見ながら食事を済ませた私は、さっき入れて冷たくなったコーヒーを飲みながら、食後の一服を始めた。その時、電話のベルが鳴った。

母が、ダイニングから出ていき、少しすると帰ってきて、テレビを見ていた私に告げた。

「義之、電話だよ」

「電話、誰から？」

「決まってるでしょ。京子さんからだよ」

私は、ちょっと不思議な顔をしたと思う。

（なんだ、あいつ、昨日、別れたばかりなのに、もう、電話くれちゃって。まだ、言い残したことでもあんのか）

そんな思いで、椅子から降りて、両手を前後させて玄関のほうへ行った。受話器を取って、

「もしもし、俺だけど、どうしたの」

すると、ものすごく弾んだ京の声が、返ってきた。

「ヨー、あのね。父さんと母さんに、結婚を許してもらったから」

一瞬、その言葉が理解できなかった。それは、昨日、別れているからだ。だから、私は、も

う一度、聞き返した。

「ちょっと、もう一度、言ってくれない」

「だから、一度、会いたいから、連れてきなさいって」

私は、さらに、もう一度、確認するように聞いた。

「本当？　じゃ、俺たち、結婚してもいいってことか？」

私のこの言葉は、両親の許しに対してと、もう一つ、一番大切な京の気持ちに対しての問いかけであった。

「うん」

すぐに、返事が返ってきた。ここで、はじめて喜びが、込み上げてきたのである。

「やったあ！　ああ、そうなんだ。結婚してもいいんだ。本当にいいんだ」

知らぬ間に、そう叫んでいた。私の喜びの声を聞いて、京も嬉しくなったらしい。そして、昨日の別れ話しを後悔したという。

「だけど、電話で話しただけで、よく許してくれたね」

私が聞いた。

「うん、でも、電話は、三回もあったけどね」

私は、直接、話を聞きたくなり、京を誘った。また、彼女にも会いたかったのだ。

「京、ちょっと来なよ。来て、話を聞かせてくれよ」

「うん、今行く」

電話を切ったあと、その場で私は、母を呼んだ。

「母さん、母さん」

ダイニングから、顔を見せたので、私は元気一杯に、勝利のVサインを示し、笑顔で伝えた。

「あのさ、谷内さんの両親が、結婚を許してくれたってさ」

「そうだよ」

母の呆気ない反応に、私は、キョトンとしてしまった。そして、少し考えてから、思い付いた。

「ああー、知ってたなー」

「うふふ、五時頃だったか、京子さんから電話来てね。その時、聞いたのよ」

「何だよ。そんじゃ、言ってくれなくっちゃ」

「私なんかから聞くより、京子さんのほうが、嬉しいでしょ」

私は、笑顔で応えた。

「まあね」

「だから、さっき、言ったじゃない。今に、元気が出るって」

「そうかー。何、わけのわかんないこと言ってるんだと思ったけど、何だ！　そうだったのかよー。イヤッホー」

私は、母と京の演出に、最大の感謝を捧げずにはいられなかった。すると、玄関から京の声が聞こえた。彼女がダイニングに顔を見せた。一日前に、別れた二人の再会である。目と目が合うと、私は、新たな決意を込めてうなずいた。京も、口を真一文字に結んだまま、小さくうなずいたのだ。最悪の事態から、二人は無言のまま、結婚への決意を誓い合ったのである。振り返れば、長くて短い一日だった。

「しかし、電話だけで、よく結婚を許してくれたよな」

私の声に、京は、午前中から、三回目の電話までのやり取りを、すべて話してくれた。

私と母は、一つひとつ、うなずきながら、その話を聞いた。その感動的な話とは、こうであった。

この日、休みだった京は、午前九時に目を覚ました。もちろん、食欲などない。コーヒーだけを飲み、今日、これからも、そして、明日も、どうすればいいのかわからずにいた。当然だ。昨日、別れてしまっているのだから。そんな時、電話のベルが鳴った。こんな時間に、誰からだろうと思いながら、受話器を取ると、田舎のお母さんからだった。お母さんからは、そろそろ帰ってきて、見合いでもしたらと勧められた。京の心は、大きく動揺した。昨日、別れたばかりで、なぜ、タイミングよく、こんな話が来るのかと。しかし、京は、少し考えたという。

（私、結婚する相手は、自分でしっかり見きわめ、自ら決めていきたい）

だから、見合いの話は、きっぱり断った。

するとお母さんは、娘の態度に、今、付き合っている人がいるのではないかと思い、こんなふうに聞いた。

「誰か、そっちで、付き合ってる人でも、いるのぉ」

しばらくの沈黙があった。その時、京は、こう考えたという。

（その彼とは、昨日、別れたばかり。だけど嫌いになったわけじゃない。彼の力強さに、ついていけなかっただけ、私が、もっと、頑張ればいいの）

「うん、いるよ」

「本当？　もう、結婚も考えてるの」

「うん」

「長男かい」

「次男だけど、お兄さんが亡くなってるから、長男みたいなものね」

「いい人かい」

「強い人だよ」

いつかは、嫁に出す娘、京のお母さんは、しようがないかと諦めたという。

「まあ、長男でも、五体満足で、ちゃんと働いていればいいか」

京は、次の言葉を、勇気を出して言った。

「ところが、そうじゃないんだよね」

「えっ、どういうことよぉ」

「……足がないの」

「ええ！　足ないって、どっからぁ」

「両足が、太股半分からないの」

「何言ってんのぉ、そんな人と結婚したら、京子が、苦労するだけでしょう」

「両足がないからって、人生に背中向けてないんだぁ。それに、負けないで、ちゃんと、将来に夢持って働いてるし、車にも乗って、どこでも行くんだよ」

お母さんは、頭の中が、真っ白になったという。

「だめだめ、それは、京子が同情してるからだぁ。同情なんかで結婚はできない。絶対に苦労するぅ」

人は、自らの信念に、反作用を受けると、ますます、その思いを強くする。

「母さん、同情なんかで、結婚は、できなぁい。私だって、もう大人だから、それぐらいわかる」

お母さんは、自分で何を言って、何を聞いているのか、わからなくなったという。

「同情なんかじゃ、絶対にない」

京のこの言葉に、お母さんは、こう言って電話を切った。

「私は、絶対に反対だからね。京子が苦労するだけだぁ。ちょっと、今、父さんと相談するから、また、電話するぅ」

そのあと、お父さんへ、衝撃的な事実を話したのである。私の出現は、本当に、ご両親を悩ませたと思う。そして、お母さんはすがるような思いで、この恋愛を止めるように、お父さんへお願いした。子どもの幸せを願う親としては、当り前のことであろう。

京は、電話を切ったあと、私との迷いがすっかりなくなったという。そんな思いで、洗濯をして、昼食の仕度を始めた時だった。また、電話が鳴ったのだ。電話の相手は、お父さんであった。

「さっき、母さんから、話聞いたんだけどぉ、絶対に、反対だからなぁ」

「なんでぇ」

「なんでじゃないだろ。両足のない男と結婚したら、誰が苦労すると思ってんだぁ。京子、お前が、苦労するんだぁ」

「そんな、両足ないからって、何も、できない人じゃないんだよ」

京は、そう言い返したが、辛い気持ちもあったという。大好きな両親に、悲しい思いをさせたくなかったからだ。

「そんなふうに、思えるのは、今だけだぁ。結婚は現実だぞ。そんな甘いもんじゃないんだぁ」

「だから、さっき、母さんにも言ったんだけどぉ、同情で結婚するんじゃないんだぁ」

「京子、子どもが不幸になるのを、喜ぶ親はいないだろう。親は、子どもの幸せを願い、その姿を見て、はじめて安心し、喜べるんだぁ。その親の気持ちはわかるだろう」

「うん」

「京子、親は、いつまでも生きてないんだからぁ。子どもが幸せになる道を、歩んでもらいたいんだぁ。なんで、はじめから、大変な道を行こうとするんだぁ」

痛いほどの親の思いを受け、涙をポロポロ流した京が、泣き声で答えたという。

「父さん、充分わかる……。だけど、親はいつまでも生きてないから、私の幸せは、自分で築いていく」

娘に、そう言われたお父さんは、愕然としたという。どちらかと言えば、短気なほうのお父さんは、もう、心臓の鼓動が、激しく脈打ったと聞く。

「京子、どうしても、その苦労をして、不幸になる結婚をしたいと言うんだな」

京は、流れ出る涙を拭おうともせず、泣き声で、思い切り言い返したという。

「父さん、私は、諦めの人生だった。だけど、彼は両足がないのに、希望を持って前向きに生きてるの。心が健康なの。絶対に幸せになれると思う。だから……」

京が、次の言葉を言おうとした時、激情したお父さんが、それを、さえぎった。

「どっ、どうしても、結婚すると言うんだな。わっ、わがったぁ、結婚するなら、そっちで勝手にしろ、その代わり、もう、二度とうちの敷居はまたぐなよ」

「父さ……ん」

言い終わる前に、電話は切られた。尊敬する両親を、悲しませるのが辛かったという。それほどまでに、心配してくれているのだから。

（父さん、母さん、ごめんなさい）

京は、涙で床を濡らしたようだ。泣いて泣いて、泣き通したという。そして、その辛く悲しい思いを突き抜けた瞬間、京は、ゆったりとした気持ちで、こう誓ったのだ。

（私は、ヨーと結婚しよう）と。


京の両親は、電話を切ったあと、興奮状態で、冷静な話し合いなどできなかったと聞く。

（東京なんかに、行かせるんじゃなかった……）

これが、二人の変わらぬ思いだった。

ところが、時とともに、京の両親は、

「もし、自分の息子に、両足がなかったら」

と両足のない息子を、自分の立場に置き換えて、考えはじめたと聞く。人の苦労を、自らの立場で考えることは難しい。なぜなら、人間には苦労を避ける本能がある。しかし、その苦しみを避けて生きてきた人間は、逆に、不幸と言えるかもしれない。その苦難に体当たりして、乗り越えた経験が多ければ、その人は、人生の最終章には、大勝利の充実感を満喫するだろう。また、苦労を知った人間が、人の苦労もわかるのではないか。

京の両親は、戦前、戦中、戦後と、激動の中を生き抜いてきた世代だ。苦労など、買わなくても、充分にできる時代であった。だから、人の苦労を、自分のこととして考えられるのだ。

京の偉大なる両親は、苦悩の末に、一度、私に会ってみようと思い立ったという。

お母さんは、京に、三たび電話をした。

「父さんと、ずっと話し合ったんだけどぉ」

「ごめんね。ずっと、悩ませちゃって」

「そうだよ。だけどぉ、京子が、そこまで言うんだったら、一度、会ってみると言ってくれたよ」

京は、顔が綻んだようだった。

「えっー、本当、嘘じゃないよね」

お母さんの言葉が、信じられなかったという。

「嘘じゃない。父さんと、そう決めたんだからぁ。まあ、とにかく、一度、連れてきなさい。会ってみてから決めるってよ」

「うん、わかった。母さん、ありがとう。父さんにもそう言って」

それから、私のことを、いろいろ聞いてきたという。京は、知っている限りの私を話したようだ。自分が好きになった人は、こんなに素晴らしいんだと、わかってもらいたかったのだという。それを聞いた、お母さんの感想は、

「へぇー、強い人だね」

だったという。

「そこなの。そこに、私は憧れ、好きになったんだ」

京の声は、すべてを語り切った喜びで、明るく弾んでいたようだ。

三度目の電話を切ったあと、京はもう、黙っていられなかったという。そこで、午後五時頃、私の母へ、電話での報告だったのだ。そこで、二人は、受話器を握りながら、喜びの涙を流したのだ。

京の話をずっと聞いていた私は、すっかり感動してしまい、思わず声を出してしまった。

「しかし、感動的な話だな。ご両親は立派だよ。なあ、母さん」

「まったく、その通りだよ。本当にありがたい。京子さん、ありがとうね。お父さん、お母さんにも、そう言ってちょうだい」

私の母は、涙声だった。

夜八時を過ぎると、玄関のドアが開いた。父の帰宅であった。

「ただいま」

中へ入ってくると、三人が、声をそろえて迎えた。

「お帰りなさい」

「おー、京子さん、来てたんだね」

母が立ち上がって、料理に火を通しはじめた時、私は、父に向かって叫んだ。

「親父さん、実は、京子さんの両親が、結婚を許してくれたんだよ」

「何！　本当か」

父は、そう言って、京を見た。その視線を受けた彼女が、笑顔でうなずいた。

「よかった、よかった。何！　義之のことを、電話で言ったの」

「はい」

それから、私は、さっき京から聞いた電話でのやり取りを、父に語り伝えた。ずっと、その話を聞いていた父が、感動と感謝の気持ちで、うなずきながら、

「本当に、偉大な両親だ。うん、ありがたいことだ。義之、感謝して、しっかりと頑張れ

よ」

四人は、父の晩酌に合わせ、ビールで乾杯した。京の偉大な両親へ、最大の感謝を捧げつつ……。

一方、谷内家は、川崎に暮らす娘から、突然持ち込まれた話で、悩み、苦しみ、不安を抱えたまま、この須藤義之という私を、待つことにしたのである。

親は、子どもの幸せを願う。しかし、私に両足がないことで、これほど、両家に違いが出る。それは、当り前のことだ。だから、私は、心に強く固く誓ったのである。

最後には、

「義之との結婚を、許して本当によかった」

と心の底から、思っていただきたいと……。

（これは、後日談。京の両親が、最晩年にこの通りの言葉を、私に、贈ってくれた）

翌日、出勤した私は、宮西さんへ、昼休みに報告した。

「宮西さん、一昨日、別れた彼女と、また、よりが戻りましたよ」

「本当？　よかったじゃない。でも、ずいぶんと早く結論が出たわね」

「ええ、だけど、信じられないんですけど、今度は、親の許し付きなんですよ」

「すごいじゃない。よかったわね。あとは、日取りを決めるだけね」

「いやー、一回、両親のところへ、行ってきてからですよ」

「あっ、そうか。頑張って行ってきて。でも、本当におめでとう」

毎月五万円の貯金も、一時、止めようと考えた。しかし、今度は、親の許し付きでの再開となったのだ。私は、京の偉大な両親に安心してもらうため、さらに、仕事に打ち込んでいこうと強く決意した。

初対面

月末、はじめての給料を手にした。明細書には、十三万三千三百円と書かれていた。その日、家に帰ると、給料袋から五万円を取り出し、母に手渡した。

「これ、貯金しといてよ」

いよいよ、自らが稼いだ金を、結婚資金として貯えたことへの充実感を味わった。

昭和五十八年五月二十日、午後十時三十分、私たちの車は、ゆっくりと走り出した。助手席には、京が乗っていた。その車は、京の実家がある福島へ向かって走っていたのだ。国道二四六号線を渋谷へ向かい、多摩川を越えた。環状八号線を左に曲がると、すぐに、首都高速用賀インターが見えた。

「あそこ、右に入れば、いいんだろ」

「うん、そこが入り口みたい」

私たちは、首都高速に入り、一路、常磐自動車道へとアクセルを吹かした。時速百キロで、車は走っていた。

「ヨー、あまり飛ばさないでよ。お母さんにも言われたでしょ」

「わかってるって。だけど、俺、首都高速、初体験だから、少し緊張してるんだよね」

ところが、渋谷が近づくにしたがって、百キロ近いスピードだった車も、徐々に、ゆっくりになってしまった。そして、三軒茶屋を過ぎたところで、一回、車は停まった。それからは、走っては停まるを、繰り返した。

「やっぱり、ドライブには音楽だろ」

ちょうど、カーステレオから、ジョージ・ベンソンの「マスカレイド」が流れ出した。

音楽とは、本当に不思議なもので、誰にでも、思い出の曲がある。そして、その曲が、耳に入ると瞬時に、その情景がよみがえる。私は、運転しながら、京と別れた夜と、その翌日の出来事を思い出していたのだ。私は、その曲が終わるまで、声を出さなかった。最高の思い出に、浸っていたかったのである。

そこから、銀座方面へ進路を変え、さらに箱崎方面に進んだ。すると、やっと、常磐道と書かれた標識が目に入った。三郷方面へ走る車は、八十キロのスピードを出した。そのまま進んだ車は、常磐道へと入っていった。料金所を通過してから、時計に目をやると、深夜十二時を回っていた。つまり、五月二十一日になっていたのである。

「首都高を抜けるのに、一時間半以上もかかったんだな」

「うん、だけど、あとは、もう混まないと思うよ」

「そう願いたいね」

他の車が、前後に見えるが、ワインレッドのミラージュは、百キロのスピードで走った。流山、柏、谷和原、桜土浦のインターを通り過ぎていくと、前後に走る車も、ずいぶんと減ってきた。

「前も後ろも、やけに寂しくなってきたな」

「ねぇ、言ったでしょ。そのうち、前も後ろも真っ暗になるかもよ」

「おい、そうなったら、ちょっと恐いんじゃない」

京の予言が、みごとに当たった。水戸に近づくにしたがって、すっかり、他の車が見られなくなったのだ。時折り、長い間、前後、真っ暗な状態が続いた。

「おー、おっかねぇ、真っ暗だよ」

「ヨー、気を付けて走ってよ」

水戸インターを過ぎて、友部パーキングで、一休みした。京は、コーヒーとアメリカンドックを買いに、車から出ていった。私は、シートを後ろに倒し、思いっ切り腰を伸ばした。落ち着いた気持ちで、一服ができた。続けざま、二本目にも火を灯した。しばらくすると、京が戻ってきた。彼女が持ってきた温かいコーヒーを口に入れると、ホッとした気持ちになれた。

「ここまで来ると、半分以上は、走ったかな」

「ううん、三分の二は、来たんじゃない」

「じゃ、もうひと踏ん張りだな。この常磐道は、那珂インターで降りるんだろ」

「そう。で、降りたら、国道一一八号を、郡山に向かっていけばいいのよ」

私たちは、友部パーキングで二十分過ごしてから、車を走らせた。そこをあとにして間もなく、那珂インター、二キロの標識が見えた。

「京、もうすぐだな」

「いよいよだね」

料金所で、半額の料金を支払い、そのまま、真っ直ぐに進んだ。すでに、一時二十分になろうとしていた。すぐに、道路が、二股に分かれた。私は、郡山と指示された左側へ、ハンドルを切った。しばらく行くと、国道一一八号線にぶつかった。郡山が、右側に指示されていたので、右にハンドルを切りながら進んだ。走っていくと、信号機も少なく、また、この時間では、走っている車も少ない。私は、ついつい、アクセルを強く引っ張ってしまった。

「ヨー、ここは、高速道路じゃないのよ。ちょっと、スピード出し過ぎじゃない」

そう言われた私は、スピードメーターに、目を落とした。

「すげぇ、八十キロ超えてるよ」

「でしょ。ちょっと恐いから、スピード落として」

「だけど、あまり、車走ってないから、いいんじゃない」

「ダメよ。これから、山道に入るんだから、結構、急カーブなんかあるよ」

私は、少しアクセルを緩め、六十キロのスピードにした。しばらく走ると、上り下り、さらに、急カーブなど、山中を走るようになった。

「京の言った通りだな。完全に山の中だよ」

「だから、言ったでしょ」

「ああ、民家もないしな。こんな時間に、車なら、まだいいかもしれないけど、チャリンコで走るのは、恐いだろうな」

「自転車は、上りだけでも大変よ」

「いや、そうじゃなくて、こんな真っ暗なところ、たった一人じゃ、恐ろしいってこと」

「でも、九時、十時ぐらいなら、歩いてる人だっているわよ」

山道に入ると、トンネルも多くなった。山道を抜けると、民家、店などが立ち並び、街らしい雰囲気を感じた。そして、また、山中へ入った。そんな繰り返しで、一時間弱、やっと、京の実家がある、塙町に到着した。実家の門を入ると、大きな庭に、車が二台停まっていた。そのまま進んで、その二台の間に車を停めた。時計の針は、二十一日、午前二時四十五分を指していた。

「ふう～、やっと着いたな」

「おつかれさまでした。帰りは、東京の手前まで、私が運転していくわ」

京は、車から降りると、後ろのハッチバックを開け、荷物を両手に取って、玄関へ入っていった。私も車から降りた。

もちろん、両足義足で、両手にクラッチを持った姿である。私は、荷物と一緒に、玄関に腰を降ろした。京は、もう一度、車へ戻っていった。

その時である。寝ずに待っていたのか、それとも、物音に気付いて目を覚ましたのか、京のお母さんが、階段を降りてきた。

「お帰りなさい」

「ただいま」

玄関に入ってきた京が言うと、お母さんは、次に、初対面の私に、あいさつしてくれた。

「いらっしゃいませ。遠いところ、おつかれさまでしたぁ」

私は、あわてて靴を脱がし、振り向いてからあいさつした。

「はじめまして、須藤義之と申します。こんな夜遅くに、申し訳ございません」

「いえいえ、いいんですぅ」

お母さんは、玄関を上がって、すぐ右側にある部屋に、私を案内してくれた。

「どうぞ、こちらで、休んでください」

「はい、ありがとうございます」

私は、両手を前後させながら、その部屋に入っていった。そこは、六畳の部屋で、一人分の布団が敷いてあった。京は、持ってきた私の荷物を、部屋の一番奥に置いてくれた。

「ヨー、私は、上で寝るから、ここで、ゆっくり休んで」

「ああ、わかった」

二人が話しているところへ、お母さんが、ビール一本とグラス二つ、それにイカの燻製を、持ってきてくれた。

「どうぞ、飲んでから、ゆっくり休んでください」

すっかり、恐縮した私が、

「ああ、どうも、すいません」

「いえいえ、飲んだほうが、よく眠れますでしょ。京子、注いであげて」

「そんなぁ、いいのに」

ビール瓶を受け取った京が言うと、笑顔でお母さんは、

「いいから。じゃ私は、先に寝るから。おやすみなさい」

「おやすみなさい」

私たちは、見送った。京が、グラスに、ビールを注いでくれた。二人は、「カチン」と小さな乾杯をして、飲み込んだのだ。

「くぅ〜、美味い」

一気にグラスを空けた、私の声だった。また、ビールが注がれると、それも、一気に空けた。それから、イカの燻製を口に運んだ。

「うん、これも、美味い」

「何でも、おいしいんだね」

「ああ、美味い、美味い」

私の言葉を聞いた京が、なぜか、声を出して笑った。私は、就寝している家族を気遣って、彼女を制した。

「シー、おい、みんな、寝てんだぜ」

「だって、おかしなこと言うんだもん」

「何か、変なこと言った?」

「プッ」

京が、口に手を当てた。ビールと燻製がなくなったところで、京は、二階へと立ち上がった。

「おやすみ」

「ああ、おやすみ」

一人になった私は、ほろ酔い加減と、心地よい疲れを感じていた。義足をはずし、スーツを脱ぐと、すぐに、布団にもぐり込んだ。一分もしないうちに、深い眠りへと入っていった。

翌日、目が覚めてから、時計を見ると、すでに、午前十一時半を過ぎていた。

(いやー、よく寝たな)

熟睡した私は、どんな夢を見たかさえ、覚えていなかったが、まだ、目が覚めないのだ。

煙草に火を着けて、大きく吸い込んだ。

部屋の外では、京の両親が、忙しそうに動き回っている気配が感じられた。そして、たまに、京の声も聞こえた。私は、奥にあるバッグから、ポロシャツとジャージのズボンを取り出し、身に着けた。次に、部屋のふすまを開けて、廊下を挟んだ向こう側の茶の間に入っていった。

「おはようございます」

すると、そこから右側にあるダイニングから、京とお母さんの声が返ってきた。

「おはようございます」

「もう、おはようじゃないよ。まったくよく寝たわね」

「ああ、ぐっすり寝た。夢も覚えてない」

私の声に、お母さんが応えた。

「いやー、はじめての道を、運転したから、疲れたんじゃないのぉ」

「ああ、それも、あるかもしれませんね」

と言った私は、夜中に済んでいたが、もう一度、改めてあいさつをした。少しすると、外の物置から、野菜を持って、お父さんが中へ入ってきた。ダイニングに野菜を置いてから、茶の間に顔を出した。私は、座布団を外し、あいさつをした。

「お父さん、はじめまして。須藤義之と申します」

私の前に、膝を着いたお父さんが、応えた。

「どうも、はじめましてぇ、遠いところ、ご苦労さまでした。どうぞ、ゆっくりしてくださ
い」

「はい、ありがとうございます」

お父さんは、お母さんに、食事を出すように指示した。

「今、仕度しますからぁ。田舎の料理ですが、食べてください」

「ありがとうございます。いただきます」

お父さんの後ろから、京の声がした。

「その前に、顔洗ったほうが、いいんじゃない」

「ああ、そうさせてもらおうかな。お父さん、食事の前に、顔洗ってきます」

私は、京に案内してもらい、洗面所へ両手を前後させながら行った。

「どうする。お風呂で洗う。それとも、洗面所」

「じゃ、椅子持ってきてくれる」

私は、その丸椅子に上がると、顔を洗いはじめた。そして、これからを、考えていた。

（京のお父さんは、もう、すでに、俺たちの結婚を許してくれているのだろうか。そんな迎え方をしているようにも思える。いや、しかし、「京子さんをください」と、言わなければダメだ。今じゃないけど、もっとみんなが集まった時のほうが、いいだろうな）

茶の間へ戻ると、食事の用意がされていた。すでに、昼を過ぎていたので、みんなは、昼食として膳に着いていたことだろう。廊下から入ってすぐのところに私が座り、その右側に、京の両親が、並んで座っていた。さらに、私の左側には、京と、京の甥で、三歳の達也君が座っていた。

「こんにちは、須藤義之といいます。よろしくね」

達也君は、大きくうなずいた。

「名前は、何ていうの？」

「達也」

「そうか、達也君か。いくつ？」

すると、指を三本立てて、

「三つ」と答えた。

お父さんの声がした。

「さあ、どうぞ食べてください」

「はい、いただきます」

はじめに、味噌汁を口に運んで、次に、真っ白いご飯を食べた。

「いやー、おいしいですね。こんな美味い朝食は、はじめてですよ」

「ヨー、もう、お昼だよ」

「ああ、そうか。でも、僕にとっては、朝ご飯だよ」

食事中のみんなが、少し笑ったようだった。私は、勧められるまま、ご飯をお代わりして、三杯も食べてしまった。食後、私は茶の間の大きな窓から、左右に広がる山々を見ながら、お父さんと話していた。

「いや、本当に空気がきれいなんでしょうね。空気がおいしいです」

「まあ、これだけ緑が多いとぉ、東京に比べたらぁ、空気は、きれいかもしれないねぇ」

「なんか、煙草吸ってても、おいしく感じますよ」

私は、煙草を深く吸い込んだ。

「何、飲む？」

ダイニングから、京が、聞いてきた。お父さんは、「お茶」と答え、私は、「コーヒー」と言った。そのコーヒーを口に運び、煙草を吸いながら考えていた。

（京子さんをくださいと、いつ言えばいいのかな。今でも、すぐに言えるけど……。だけど、兄さん夫婦もいるんだから、みんなそろってからにしたほうが、いいだろうな）

だから、私は、それは言わずに、自己紹介を兼ねて、今までの歩みを、お父さんへ語っていった。二度の交通事故も、詳しく話した。お父さんは、時折り、驚きの表情を浮かべては、私の話を聞いてくれた。

「その事故で、三日の命、助かっても、植物状態と宣告された自分が、生きていたことが、嬉しかったんです。それからは、はじめて目が覚めたように、一日一日、生きる喜びを、実感しながら頑張ってきました」

「へぇー、すごいことだぁ」

「いえー、でも両足なくした悲しみより、生きてる喜びのほうが、大きかったんです。その生きてる可能性だけを、信じてきました」

午後二時を過ぎた頃、京が、ドライブに誘ってきた。

「ねぇ、南湖に行ってこようか」

「南湖？」

「そう、湖なんだけど、観光地なんだ」

話が決まると、私は、義足に、フレアーズボンをはかせ、足に装着させた。両手を使って玄関まで来ると、クラッチを持って立ち上がった。

「いってきます」

車は、来た道を戻るように走った。国道一一八号線に出ると、さらに、郡山方面へ、ハンドルを切った。南湖は、京が、よく友人たちと遊びにいった思い出の湖であったようだ。彼女は、久しぶりに、その南湖が見たくなったらしい。

「南湖は、よく遊びにいったんだ。それで、そこの「南湖だんご」が、おいしいんだよ」

ハンドルを握る私は、京の言った「南湖だんご」のアクセントが面白くて、もう一度、聞き返した。

「えっ、今、何て言った？　南湖何とかって」

「ああ、南湖だんご」

「なんか、その言い方、おかしいね。もう一回言って」

「南湖だんご」

「あははは……、おかしいよ」

「そうかなあ」

車で一時間ほど走ると、南湖に着いた。私は、早くその名物、南湖だんごが見たくて車から降りた。

「京、その南湖だんごっていうの、先に買わないか」

「買ってく？　じゃ最初に、そっちへ行こうか」

二人は、すぐに、土産売り場に向かい、そこで、京が店の人に言った。

「南湖だんご、二つください」

その声を聞いた私が、また、笑った。振り向いた京が、不思議な顔をしていた。

私たちは、湖の畔のベンチに、腰を降ろした。目の前の緑の多さに、ただ、感動した私は、持ってきたカメラで、写真を撮った。

「のどかで、いいところだな。なんか、都会の雑踏から、解放された感じだね」

「そう」

私たちは、そこで、一時間ほど過ごしてから、出発した。車から見える景色も、私を感動させた。都会では、味わえない視界の広さに、ただ、驚くばかり……。

「すごいよな。なんか空が、低くなったみたいだよ」

「ん〜、それは、あるかもね」

感動している間に、京の実家に着いてしまった。上がり込むと、入浴を勧められ、私は、ゆったりした気分で、お湯に浸かった。風呂の外では、お母さんが、中の私を、心配していたらしい。

「京子、湯船には、一人で入れるのぉ」

「うん、大丈夫だよ。何でも一人で、やるから」

「へぇー」

二十分後、風呂から上がった私が、茶の間に入ってくると、テーブルには、晩食の用意がされていた。料理が、すでに並べはじめられていた。キッチンでは、お母さんと京が、まだ、調理している姿が見えた。お父さんが、ビールを三本持って、茶の間に入ってきた。

「風呂、お先にいただきました」

「あー、やっと、疲れがとれたでしょ」

「はい、いい湯でした。ありがとうございます」

すぐに、テーブルの上に、ウイスキーのボトルが一本置かれた。そんな様子を見た私は、もう一度、考えた。

（田舎の夕食は早いというが、もう、始まるんだろうか。だけど、まだ、お兄さん夫婦も帰ってないしな。でも大事な話は、酒を飲む前に、言わなければいけない。お兄さんたちがいなくても、酒を飲む前には、きちっと話そう）

そうこうしている間に、テーブルには、すべての料理と酒が並べられたようだった。お兄さんの子どもたちも、テーブルに着き、白いご飯が運ばれてくるのを待っていた。お父さんが、ビールの栓を抜きはじめた。グラスが並べられると、お父さんが、ビールを差し出した。

「さあ、どうぞ」

「ありがとうございます」

私は、グラスに注がれるビールを受けた。今度は、私がお父さんに、ビールを注いだ。グラスがビールで一杯になった時、私は意を決した。

「お父さん、すいません。お母さんも、呼んでいただけますか」

真面目な顔の私を見て、お父さんも、すぐに察知したのか、ダイニングにいるお母さんを呼んだ。

「すいません。お父さんの横に、座っていただけますか」

それを、確認した私は、奥で心配そうに見ていた京も呼んだ。彼女は、自然と私の左に座った。私は、真っ直ぐに、お父さんの顔を見た。

「お父さん、お母さん、このたびは、私みたいな者が現れまして、さぞ、悩まれ、苦しまれたことと思います。申し訳ありません。ですが、本日、私は、京子さんをいただきに参りました。

こんな、両足のない私ですが、京子さんをください。よろしくお願いいたします」

私は、両手を着いて、深々と頭を下げた。そして、お父さんの言葉を待ったのだ。ほんの少しの間があった。しかし、私には、ものすごく長く感じられた。一息ついて、ゆっくりした口調で、お父さんが話し出した。

「はじめ話を聞いた時、反対したんだけどぉ。あなたに会ってみて本当によかったぁ。あなたは、負けでないね。大丈夫だ、京子を任せられる。わがままな娘だけどぉ、よろしく頼みます」

頭を上げた私は、お父さんとお母さんの目を見てから、はっきりと声を出した。

「ありがとうございました」

午後五時半前から、谷内家の晩食が始まった。私は、ビールを一気に呑み干した。何とも言えないおいしさがあった。それは、愛する人の両親から、結婚の許可をもらった勝利の味である。すぐに、兄嫁のお義姉さんが帰宅した。すぐに、私はあいさつをしたが、さっきの話は、(お兄さんが帰ってきて、夫婦がそろったら話そう)と決めた。

私のグラスには、どんどん、ビールが注がれた。しかし、兄夫婦に大事な話をするまで酔えないと思い、四杯目からは、少し口を付けただけで、グラスを置いた。午後六時前になって、お兄さんが帰ってきた。間もなく、お兄さんが、ご膳に着くと、私は、改めてあいさつを始めたのである。

「お兄さん、お義姉さん、はじめまして。私、須藤義之と申します。先ほど、お父さんとお母さんに、お話ししたんですが、このたびは、私の存在に、大変に悩まれたことと思います。しかし、今日、私は、京子さんをいただきに参りました。京子さんをください。お願いいたします」

また、私は頭を下げた。お兄さんは、ちらっと、両親の顔を見たようだ。すると、お父さんとお母さんが、小さくうなずいたらしい。お兄さんが声を出した。

「いや、俺は、父ちゃんと母ちゃんが、許したんなら、反対する理由はないけどぉ。ただ、会ってみてから賛成も反対も、決めようと考えていた。だけどぉ、会ってみて、反対する理由はないようだな。わがままな妹だけどぉ、よろしくお願いしますぅ」

また、頭を上げた私は、お兄さん夫婦に、礼を言った。

「ありがとうございました」

ここで、お父さんが提案した。

「みんながぁそろって、話がまとまったところで、乾杯でもするかぁ」

全員で、グラスを片手に乾杯した。私は、この日、本当に気持ちよく酔った。いつも、これほど酔うのは、午後十一時過ぎである。そんな思いで時計を見ると、まだ、午後九時前だった。

私と、お父さん、お兄さんは、本当によく飲み、よく語り合った。午後十一時、六畳間に敷かれた布団に、もぐり込んだ私は、すぐに高いびきを奏でた。ダイニングに残った女性三人は、あと片付けをしながら、こんな会話をしたらしい。

「しかし、面白い人だね。明るいよぅ」

お母さんの声に、京が答えた。

「そうなのよ。だから来る時、お母さんに言われてきたんだぁ。あんまり飲んで、騒ぐんじゃないよって」

「宴会がぁ、好きなのかねぇ」

「うん、お酒は、別に毎日、飲まないんだけど、飲んで騒ぐのが大好きみたい」

「だけどぉ、けっこう飲んだよぅ。お酒も、強いんじゃなぁい」

お義姉さんの声だった。

「コックさんの頃は、毎日、先輩と二人で、ボトルを空けてたみたい」

今度は、洗い物をしているお母さんが、しみじみと声を出した。

「私たちはぁ、足のこと、悪いと思って何も言わなかったのにぃ、自分から、足がないってぇ言うから、驚いちゃったぁ」

「いや、全然気にしてないんだ。お父さんなんか、お前、水虫にならなくていいなって言うんだよ」

京の話に、お義姉さんが、驚いて声を出した。

「えー、お父さんが、そんなこと言うんだぁ。それで、義之さんは、何て答えるのぉ」

「いいだろって言うんだよ」

「へえー、面白いねぇ」

「そうなのよ。私も、はじめは、このお父さん、何てこと言うのって思ったんだけど、本人が、全然気にしてないから、平気なんだぁ」

階段を上がって、すぐの八畳では、すでに、お父さんがいびきをかいて、その奥の六畳間では、久し振りに母と娘が語り合ったそうだ。それは、深夜、一時半まで、続いていったという。

翌日、私は午前十時半に、目を覚ました。午前中のうちに、京の兄で、次男の良夫さん一家が顔を見せてくれた。良夫兄さんは、実家から、車で五分ほどのところに、二人の子どもの父として家庭を築いていた。良夫兄さん夫婦に、あいさつをした私は、これで谷内家全員に会えて、ひと安心することができた。

私たちは、午後三時に、東京へ向けて出発する。出発五分前、時計を見た私は、改めてあいさつした。

「このたびは、本当にありがとうございました。川崎に帰りましたら、結婚式のことを、具体的に進めさせていただきます。決まり次第、ご連絡いたします。どうも、お世話になりました」

「こちらこそ、京子のこと、よろしくお願いしますぅ」

「ぜひ、一度、川崎のほうへも、遊びにきてください」

午後三時、私と京の乗った車が、走り出したのである。しかし、今回は、京がハンドルを握っていた。国道一一八号線に出た車は、軽快なスピードで走った。きれいに透き通っている川と、鮮やかな緑が、私たちの心をも映し出しているように見えた。

「京、いよいよだな」

「うん、私、頑張るからね」

「ああ、俺も頑張る」

いよいよ、現実となった結婚へ向かって、二人の心は一つとなり、大きく燃え上がった。

それは、あの鮮やかな山々よりも、もっと、もっと、大きな誓いとなった。

五月二十九日、私と京は、かつての私の職場である、川崎のホテル・ザ・エルシーに向かった。駐車場に、車を停めた私たちは、正面玄関ホールへと廊下を歩いていた。

「いやー、久し振りだな。姉ちゃんの結婚式以来だよ」

「そうなんだ」

「うん。俺も、事故ってなかったら、ここで、コックやってたのにな」

「事故やってなかったら、再会は、なかったかもね」

「おお、それも、そうだ」

「私、あの時、電話して、もしいなかったら、あの切符は、捨てようと思ってたんだから」

「しかし、人の縁とはわからないもんだな。俺たちが今、こうして結婚式を申し込みにきてるのは、その切符があったからだもんな。電話番号書いて、渡しておいてよかった」

「そうだね」

「おい、何か、ちょっとしたラブストーリーが、書けそうジャン」

私たちは、インフォメーションで、結婚式の受付場所を聞き、エレベーターで二階へ上がった。

私たち二人は、そこで、翌年の昭和五十九年三月四日に、結婚披露宴を申し込んだ。その日の申し込みを済ませてから、私は、受付の人に話しかけた。

「内田さん」

「はい」

「わかりません？　覚えてないスか」

「はい？」

内田さんの疑問に、私は、答えを出した。

「同期で入社した、厚木店の須藤ですよ。向こうで、事故って辞めた」

内田さんが、目を丸くした。

「えー、あの須藤なの」

「そうですよ。あの須藤ですよ。あの時は、大変に迷惑かけたけど」

「へぇー、ビックリしたなあ。元気に頑張ってるんだ。今、仕事は？」

「印刷会社で働いてますよ」

「それで、いよいよ結婚か。すごいなぁ」

私の出現で、内田さんは、本当に喜んでくれた。帰りの車中での、私たちの会話も弾んだ。

「京、竹谷さんとお兄さんを、式に招待しようと思ってんだ」

「うん、そのほうがいいよ」

これまでに、竹谷さんは、頭のほうも、徐々に回復してきていた。また、お互い退院してからも、交流を重ねた。だから、京も前から、先輩を知っていたのだ。

私と京が、我が家に戻ると、父と母が待っていた。私たちが、ダイニングに入ると、待ち望んでいたように、父親が声を出した。

「結婚式、いつになった」

「ああ、来年の三月四日に決めてきた」

今度は、母が、口を開いた。

「義之、それじゃ、北海道から、じじちゃんとばばちゃん、出てくるの大変じゃない」

「三月じゃ、雪、すごいかな」

「まだまだ、積もってるよ」

「だけど、真冬から、こっちへ来れば、春を感じるジャン」

少し間があった。

「まあ、いいか」

言葉には出さないが、私の両親は、両足をなくした息子が、結婚式の日取りを、決めて帰ってきたのが、本当に嬉しそうであった。あの時の変わり果てた私の姿からは、想像もできない事実だったのである。こうなるまで闇が深かっただけに、両親の喜びは、より大きなものだっただろう。また、私の両親に対する感謝の気持ちも、最高潮であった。

すべては、心で決まるのかもしれない。二十歳で、仕事も、両足までもなくした私だったが、まだ、命があった。その可能性だけを、信じて歩きはじめた。もしかしたら、心が負けなかったのかもしれない。そう、心までは、両足をなくさなかったのだ。私の姿に、京が感動と勇気を持って、ともに生き抜くことを誓った。さらに、彼女の偉大な両親も、私たちの結婚を許してくれた。しかし、まだまだ、私たちの将来には、不安と心配を重ねていたに違いない。最後には「義之との結婚を、許して本当によかった」との言葉を得るために、過去を悔やむより、今からの前進を、心に固く誓ったのである。

結婚

昭和五十九年三月四日、武蔵小杉にある、私が働くはずだったホテル・ザ・エルシーで、結婚式と披露宴を行なった。まだ、私は、二十四歳であった。四年前の二十歳の交通事故で、頭蓋骨骨折の脳挫傷と両足挫滅。医師からは、「三日の命、助かっても植物状態」と宣告されたが、奇跡的に命を取りとめた。意識が戻った時、すでに、太股半分から両足を失っていた。

私の周りのたくさんの人たちは、奇跡を起こした、その生命力に驚き安堵したが、果たして両足のない身体で、どんな仕事ができるのか？　また、結婚などできるのか？　と私の将来に対して、大きな不安と心配を懐いていた。

そんな、みんなの心配をよそに、私は、二年半で社会復帰、その一年半後に、京と結婚したのである。

結婚披露宴に招待された百五十名の親戚、友人、知人たちは、短期間に自らの人生を確実に開拓する私に、驚きを感じながら、参列してくれた。

その日、それぞれの両親の姿には、対照的な違いがあった。

須藤家では、奇跡的に生き残ったが、将来にまったく希望の持てない姿になった息子が、わずか四年で社会復帰しながら、結婚まで漕ぎつけたことに、喜びを感じ、笑顔が絶えなかった。

一方、谷内家は、娘に、突然、両足のない男との結婚を告げられ、驚き反対するが、心は負けていないとの説得で、苦労を心配する思いを乗り越え、結婚を許した。しかし、大きな不安を抱えながら、遠い神奈川の地へ嫁に出す親の気持ちほど、悲しく寂しいものはない。

私たちが入場する前に、満面笑顔の須藤家の両親と、目にハンカチを当て、涙を拭う谷内家の両親の違いが、明確に表れていた。

司会が入場を告げると、扉が開き、「長持ち唄」が流れはじめた。

はかま姿の私は、両足義足で両手にクラッチを持って、笑顔で歩いている。京は、白むく姿で、口を小さく真一文字に結び、ゆっくりと後ろから続いている。さらに、即席で作られた「長持ち」の前と後ろを、友人二人が担いで続いた。

盛大な拍手と歓声を浴びながら歩く姿は、これからの人生へ、力強く向かっているようにも思われた。メインテーブルに着き、客席へ向かって頭を下げると、さらに拍手と歓声が響いた。

この日の列席者は、両足を失った私が、こんなにも早く社会復帰し、結婚までするとは、考えてもいなかった。また、そんな私と結婚しようとする女性の存在が、信じられなかった。それだけに、私たちは、注目の的となっていた。

披露宴を、迎える前のことである。

「京」

「何？」

「俺たちの結婚披露宴さ。言葉と歌の祭典にしないか」

「どういうこと？」

「しばらくの間、ご歓談、ご会食くださいって言うジャン。その時間をなくしたいんだ」

「えっ、二人がお色直しで不在の時も、歌を唄ってもらうということ？」

「そう」

「失礼じゃない」

「俺たちの思いを伝えて、ていねいにお願いすれば、大丈夫だよ」

だから、披露宴当日前から、その辺のところは、たくさんの方たちへお願い済みであった。

仲人のあいさつが済むと、私の勤める日高印刷社長、京が勤める京新病院総婦長とあいさつが続いた。

乾杯の発声は、私が前に勤めた小杉会館洋食部、矢沢チーフだった。

乾杯後、職業訓練校の大滝先生、京新病院病棟婦長、あと二人のあいさつが済むと、京が、お色直しへと席を立った。

花嫁不在でも、私の友人たちが、あいさつするようになっている。まず、元高校野球部のメンバーが前に出て、祝辞を述べた。その中で、小中高校と一緒に野球をしてきた福山康雄君が、こんな祝辞を述べた。

「私と須藤君は、小中高校とともに野球部で過ごしました。私はショート、彼はピッチャーでしたが、その中で、甲子園でも充分に通用する連携プレーがありました。それは、セカンドへのけん制球です。私がサインを出すと、三秒後に須藤君が振り返り、けん制球を投げます。このタイミングが完璧で、かなり高い確率でランナーをアウトにしました。これからの人生、これだけは絶対に負けないものを身につけた時、幸せへと歩めると思います」

私は、この祝辞を聞いて、心の中で決意を新たにしていた。

（この両足のない、自分にしかできない自らの使命を、一日も早く探し出していこう）

元野球部全員の話が終わると、野球部に伝わる伝統の声出しをやってくれた。

主将だった北村君が、声を出し、それにメンバーが応えた。

「たーちばなー」、「ぜぇ」「おー」、「ぜぇ」「おー」、「ぜぇ」「おー」、「ぜぇ」「おー」、「ぜぇ」「おー」

大声が会場に轟き渡ると、盛大な拍手が湧きおこり、感嘆の声がざわめいた。次に、野球部を応援してきた応援団団長、加藤君の登場であった。

「須藤君、京子さん、ご両家のみなさま、本日はおめでとうございました。私たち、応援団は、常に野球部を応援して参りました。本日、エースの須藤君が、結婚し新たな生活をするに当たり、エールを切らせていただきます」

そう言った加藤君が、直角九十度に頭を下げてから、大きな声を出した。

「鶴の舞、フーレー、フーレー、すー・どー・うぉー」

すると、副団長の岡谷君と野球部のメンバーが、大きな声で応えた。

「フレー、フレー、すどうぉー」「フレー、フレー、すどうぉー」

また、盛大な拍手と感嘆の声が続いた。次に、いよいよ橘高校名物「橘校節」の舞いを、副団長の岡谷君が、踊る時が来た。夏の地方大会などで、保土ヶ谷球場での試合は、テレビ神奈川が放映する。そこで、「橘校節」が始まると、アナウンサーが、

「橘高校名物、橘校節が、始まりましたね」

と言って紹介して、テレビカメラを、向けてくれるのだ。神奈川県では、それほどまでに有名であった。ところが、現在の橘高校では、先生にも、もちろん生徒にも、まったく知られていない。団長の加藤君が、大きな太鼓を叩き、野球部のメンバーが「橘校節」を唄い、そのリズムに合わせて副団長の岡谷君が、滑稽な舞を踊るのだ。

この大きな太鼓が、ホテル・ザ・エルシーに存在したのには、裏話がある。当初、岡谷副団長が、高校の部室から、借りてくる手筈だった。ところが、結婚式前日、岡谷君から連絡

が入り、仕事が忙しく借りてこれなかったとのこと。「橘校節」は、太鼓がなければ始まらない。慌てた私は、地元で、元暴走族の頭をやっていた友人、北平君へ電話をした。私は、明日、ホテル・ザ・エルシーへ太鼓を届けてもらいたいと無理なお願いをした。すると、彼は、こう答えてくれた。

「おお、わかったよ。明日、始まる前に届けて、終わったら引き取りにいくよ」

「本当に悪いナ。招待してないのにさ」

「何言ってんだよ。地獄の底から這い上がってきたドッスンの結婚式だ。盛り上げさせてもらうぜ」

「キッペイ、本当にありがとう」

こんな表には見えない、最高な功労者のお蔭で、「橘校節」が、いよいよ始まるのである。

岡谷副団長が、「橘校節」と大きな声を出した。すると、キッペイが用意した太鼓を、加藤団長が、叩きはじめた。

「ドン、ドン、ドン、ドン、ドン、ドコドコドコドコドコドコ、ドドン」

一瞬の間のあと、今度は、加藤団長が太鼓の縁を叩き出した。

「カラッカ、ラッカラッカラッカラッカラ、ドドンドドン」
野球部のメンバーが、唄い出すと、岡谷副団長が、滑稽な舞を踊りはじめた。列席者が、我慢しきれず声を上げて笑い出した。

「橘校節」
ちょいと出ましたいい男　あ〜らよきよき流れは多摩川の
西にそびえる橘は　日本一のいい学校
校旗の色は紫で　黄色く咲く花　橘は
生きた印だ　魂だ
若き眉上げ　闘志に燃える
橘校の書生さんはいい男　武蔵の国の好男子
たまの日曜アベックで　銀座並木をのし歩き
コーヒー一杯おごらずに　そして彼女に捨てられた
それも今では語り草　橘校の書生さんは気にしない

豪傑男は　気にしない

最後に「ドドン」と、団長の太鼓の締めで、橘校節が終わった。大拍手と大歓声が送られた。

「サイコー」「よかったぞ～」「アンコール」

大いに盛り上がったが、「橘校節」は、すでに消え去った伝統である。このあと、あいさつと歌が続き、今度は、お色直しを終えた京の入場となった。

扉が開くと、振袖を着た彼女が、お父さんと並んで立っていた。お父さんは、片手に大きめの和傘を持ち、娘へ差しかけている。音楽とともに、二人は、ゆっくりと歩みはじめた。会場内を会釈を重ねながら、私の待つメインテーブルへと近づいてきている。京とお父さんが、目の前まで来ると、私は、クラッチを使って立ち上がった。涙目になったお父さんが、和傘を差し出して声を出した。

「京子を、よろしく頼んだよぉ」

「はい！」

私は、お父さんから和傘を受け取って、力強く答えた。会場からは、大きな拍手が送られた。メインテーブルに二人がそろったところで、祝福のあいさつは続いた。私を、少年時代から知る山谷さんのあいさつに、このようにあった。

「一度は、地獄の底に落ちたかもしれませんが、あなたの心は負けなかった。命ある限り、希望を持ち続け、這い上がってきたのです。負けなければ、あとは、勝利しかありません。本日、あなたは、大勝利の姿を示してくれました。今日、ご列席のみなさまも、そうであると思いますが、今、私は、大感動しています」

この時、私は、あいさつの途中から、涙が溢れ出てハンカチを目に当てるしかなかった。それから、京の叔父さんは、こんな例え話を語ってくれた。

「私は、庭で朝顔を育てておりますが、添え木と花の蔓の関係は、夫婦の繫がりと同じだと思います。それは、お互いになくてはならない関係です」

私と京は、互いの目を合わせ、納得したようにうなずきあった。それから、何人かの祝辞のあと、私と京は、お色直しのため一旦、退場した。二人がいなくなったあとも、歌合戦が続いていったと聞く。

ドレスとタキシードに着替えた二人は、ビートルズの「レット・イット・ビー」が演奏されると、キャンドルを手に入場を開始した。ＢＧＭは、ビートルズメドレーのエレクトーン演奏だった。私は、両手にクラッチを持って歩いてる。京は、右手にトーチを持ち、私の左脇に寄り添うように、足を運んでいる。各テーブルのキャンドルへ火を灯し、拍手と祝福の言葉を浴びながら歩いた。応援団と野球部のメンバーのテーブルへ来ると、そこでは、悪戯がされていた。キャンドルの芯が、爪切りで切られ、まったくなくなっていたのである。

「おい、まったく芯が、ないジャンか」

「その通りー」

「だから、二人で頑張って、愛の火を灯してちょうだい。イエー」

酔っ払いたちは、うるさいくらい盛り上がっていた。京のトーチを持つ手に、私は左手を添えて、点火を始めたが、なかなか着かない。周りでは、

「まだまだ、愛が足りない」とか「しっかり、息を合わせないと着かないぞー」「もっと愛をくださーい」

と勝手なことを喚いていた。私と京は、トーチの火でキャンドルの先を溶かしている。し

かし、まだ、芯は現れない。私の額からは、汗が流れはじめている。気を使った一人が、ハンカチで汗を、拭いてくれた。どれくらい過ぎただろうか、キャンドルの先端に、小さな芯が見えてきた。

「もう少しだぞー」

団長が、叫んだ瞬間、芯に火が灯った。

「やったー、二人の愛は、勝ったぞー」「おめでとー」「愛よ、永遠たれー」「イヤッホー」

勝手気ままに叫び、待ちに待った分、盛大な拍手で盛り上がった。何テーブルか回ったあと、いよいよメインテーブルへと歩みを進めた。メインキャンドルに火が灯った瞬間、曲目は、再び「レット・イット・ビー」に変わった。祝福の歓声と拍手に包まれた。そのあとにも、たくさんの祝福のあいさつ、歌などを贈られた私と京は、時々に、声を出して笑い、ハンカチを目に当て涙を流した。

最後の演目は、須藤家親戚一同による「新妻に捧げる歌」(作詞＝中村メイコ、作曲＝神津善行)の合唱であった。二十数名が整列すると、義兄が、指揮を取った。

合唱が始まると、すぐに、私の隣に座る京は、ハンカチを目に当て、泣きじゃくっていた。

それは、須藤家全員に迎えられているという、感動の涙であったと聞く。合唱終了後、爆発的な拍手が鳴り響いた。少しの間があって、司会者から、本日のメインイベントが、紹介された。

「みなさま、本日、最後となりますが、ただいまから、新郎新婦よりご両家ご両親さまへ、花束の贈呈がございます。義之さん、京子さん、よろしくお願いします」

私たちは、立ち上がり、メインテーブルの前に進み出た。そのずっと先には、須藤家と谷内家の両親が、並列していた。私たち二人は、花束を受け取ると、前に視線を向けた。BGMが流れると、二人はゆっくりと歩みはじめた。最初に私の感謝状が、司会者（男性）に朗読された。それが終わると、アシスタント（女性）が、京の感謝状を朗読したのである。朗読が終わると、私たちは、両家両親の前にいた。京は、涙で顔を濡らしてる。私は、谷内家の両親へ、京は須藤家の両親へ、それぞれに花束を捧げた。

その時、私の母は、京の手を取って、

「ありがとうね。京子さん、ありがとう、ありがとう」

感謝の言葉を、連発していたのである。花束贈呈が終わると、両家を代表して、私の父親がマイクを握った。

「本日は、お休みのところ、義之と京子さんの結婚披露宴に、ご列席いただきまして、誠にありがとうございます」

から始まった感謝のあいさつは、生死をさまよい、両足をなくした息子が、本日を迎えられるとは、思いもよらなかったことへの感動。そして、こんな息子と結婚を誓い合ってくれた、京子さんへの感動。さらに、両足のない息子との結婚を許していただいた、ご両親への感動。最後にご列席のみなさまへの感謝を語り、こう言って話を結んだ。

「まだまだ、若い二人でございます。今後とも、ご指導ご鞭撻のほどを、よろしくお願い申し上げます。以上を持ちまして、両家を代表いたしましての、ごあいさつとさせていただきます。ありがとうございました」

両家の六人が、この日の列席者へ、深々と頭を下げると、盛大な拍手が鳴り響いた。少しの間があってから、司会者の声が聞こえた。

「以上を持ちまして、須藤家、谷内家の結婚披露宴を、お開きにさせていただきます。それでは、新郎、新婦、ご両親さまが、出口を出ましたところで、お見送りをいたします。どうぞ、ご準備のできました方から、ご退場くださいませ」

私たち六人は、出口のほうへ歩みを進め、そこを出ると、見送りするために、並列して列席者を待った。しばらくすると、三々五々と招待客が、顔を見せた。

「いやー、いい結婚式だった。今日は、大感動したよ」

「今日は、ありがとう。人間の偉大さを感じたね」

「義之、負けなかったんだな」

「しかし、本当、嫁さんが偉いよな」

「結婚を、許した親も、すごいな」

「俺の自慢の友人だよ。みんなに伝えるよ」

などなどたくさんの言葉をかけていただいた。一人一人へ頭を下げながら、私と京の顔は、涙でグチャグチャになっていた。

たくさんの人たちに、支えられて生きてきた私の人生ドラマが、今度は、逆に多くの人たちへ、勇気と希望と感動を伝えている。

人は、感動すると他の人へ、それを語りたくなる。例えば、映画を見て感動すると、友人へその感動を、伝えたくなる。そして、その友人へ、絶対に見にいったほうがいいと勧める。

本日の列席者、百五十名の方々が、自らの地域、社会、家庭へ帰って、この感動を伝える。聞いた人たちが、感動する。その感動を、さらに別の方たちへ伝える。そして、また、感動が広がる。そう考えると、百五十人から一千人、二千人以上へと感動が伝わるかもしれない。だから、俺一人が、動いたって何も変わらないと考えるのは、間違いだと思う。世の中に必要のない人間は、一人もいないはずだ。たった一人の行動は、地域・社会へ、そして、世界へと波動を広げていくに違いない。

明日へ

新婚生活は、新城の実家から、歩いて十分のところに、中古住宅を購入してスタートさせた。なぜ、購入できたのか？　それは、交通事故による保険金があったからだ。

妻は、病院の勤務を日勤だけのパートに切り替え、しばらくの間、共働きを続けた。この年、私はアビリンピック（障害者技能競技大会）に参加する。この時、私は、まだ若かったせいか、

（自分の両足がないのは、個性なんだ）

そんなふうに思っていた。だから、この話が持ち込まれると、私は、こう答えていた。

「なぜ、障害者の技能競技大会があるんですか？　私の技能は、社会で役立っているんですから、普通の技能競技大会に、車椅子の人間が混じって競技するのが、自然じゃないですか」

しかし、職業訓練校の恩師、大滝先生からも推薦され、私は、神奈川県代表として参加す

ることになる。出場種目は、グラフィックデザイン（版下製作）だった。

このアビリンピックは、二年に一度、千葉県の開発センターというところで、四日間の日程で開催されていた。私は、仕事も忙しかったため、二日目の夜、宿舎へ乗り込み、三日目の競技から参加させてもらった。

結果は、第一位だったが、銀メダルで終わった。その四年後、再度、出場の話があり、また私は、二日目の夜に乗り込み、三日目の競技に臨んだ。しかし、その時は、四日目の閉会式には出席せず、競技終了後、帰路に着いてしまった。結果は、「金メダル」と会社に電話が入った。

その二年後、今度は日本代表として、香港で行なわれた、第三回国際アビリンピックへと参加した。しかし、この挑戦では、メダルを得ることはできなかったのである。

妻は、私より三つ年上で、二十七歳での結婚であった。私たちは、子どもの出産について、互いの意見を出して相談し合っていた。妻は、現実的な考えとして、このように考えていた。

「やっぱり、三十前には、出産を経験しておいたほうが、いいと思うんだよね」

「そうか、三十過ぎの初産は、身体にも、負担が大きいんだろうな」

「そう、一度、経験してると、次の出産が楽になると思うよ」

「そうか、それじゃ、最初は、男が欲しいナ」

昭和六十年六月二十六日、長男（雅之）が、川崎の病院で誕生した。妻は、妊娠五か月を過ぎた頃、病院を辞めていて、私の給料だけで家族を支えなければならなかった。長男誕生後、今度は、二人で、子育てについて語り合うようになった。

「俺は、どちらかと言えば、一気に子育てしたいから、兄弟の年の差は、二年ぐらいで二人目が、誕生してもいいんじゃない」

「うん、私も、そう思う。これが、五年とか、最悪十年なんか年の差があると、もう一回、赤ん坊を育てると思うとウンザリしちゃう」

「それじゃ、二年後、今度は、女の子がいいナ」

昭和六十二年三月、妻は、第二子出産のために、福島県の実家へ帰っていった。

私は、第二子誕生に向け、仕事へ打ち込んだ。

六月九日、第二子、女子（英子）誕生の連絡が入った。私は、思い通りに子どもをもうけていることに、大きな喜びを感じた。

この頃、残業代も込みで、月二十七万ほどの給料であったが、これからの子育てのために、生活を切り詰めていく必要があった。もし、これで、家賃の支払いがあったら、二人目など誕生していない。

それから、一年が過ぎ、私たち夫婦は、第三子について、相談し合っていた。

「やっぱり、三人目の誕生には、厳しい現実があるかもな」

「そうだね。もう一人いたとしたら、今よりも生活費が増えるということだもんね」

「んー、男子、女子と生まれたから、これでよしとするところかもしれないけど……」

「そうだね」

「……だけど、お母さん。俺は、ああしたかった、こうしたかったと、やってもいないことを後悔するのは、嫌いなんだ」

「うん」

「子どもが三人もいて、大変だったけど、俺たち頑張ったなと振り返る人生のほうが、絶対いいと思わない？」

「そうだね。私も、そのほうが、いいと思うよ」

「よーし、三番目は、やっぱり男の子がいいナ」

平成元年六月十六日、次男（正義）が誕生した。私は、二男一女と思い通りに、子どもを授かることができたのだ。妻は、その次男が小学六年生（十二歳）になった時、第一段階の子育ては終了したと、また、看護師として職場復帰していった。十七年ぶりに復職した、妻の言葉。

「お父さん、大変だよ。十七年前と医学の常識が、逆転しちゃってるよ」

「そうかもしれないな。俺たちの時代の、運動中は絶対に水を飲むなが、今は、水分補給が常識だもんな」

それでも、彼女は、勉強を繰り返し、老人ホームの看護師として、使命の仕事を六十歳の定年退職まで、全うしてくれた。妻の収入が、家庭を支えてくれた時もあり、本当に感謝している。誠に、誠に、ありがとうございました。そして、おつかれさまでした。

子育てについて

私の子育ては、「ああしろ、こうしろ」と、ガミガミ注意などしなかった。どんなに厳しき現実でも、負けずに前進する生き様を、見せて教育してきたつもりである。幼稚園、小・中・高校と父親参観があれば、車椅子に乗って出席した。そして、どこの父親よりも、一番目立っていて声も大きかった。たとえ、子どもたちが、両足のない父親を恥ずかしく思い、隠そうとしても、それは、無理な話である。だから、三人の子どもは、まったく隠そうともしなかった。

私は、野球少年であったが、長男、次男は、スポーツ店が運営するサッカークラブで、鍛えてもらった。毎週日曜日、私が、二人を車に乗せて練習場まで送り、練習を最後まで見てから、三人で帰宅した。練習試合、公式戦などにも、他の子どもたちを乗せて臨んだ。試合中は、どこの誰よりも大きな声で、チームを応援したのである。

クラブのコーチに、こんなことを言われた時もあった。

「須藤さん、息子さんは、お父さんの声にビビッてますよ」

こんな生活を六年間も続けたが、最後は、サッカークラブ父母会の会長として、力一杯の応援をしながら、宴会も、数多く開催した。結局、次男は、中学高校とサッカーを続けるが、中学の時、こんなことをやらかしている。

練習時間に遅刻した次男は、サッカー部の監督に、こんなふうに怒鳴られた。

「須藤、ずいぶんと遅刻して、まるで社長出勤だな」

カチンときた次男は、転がっていたサッカーボールを、ガンガン蹴りまくって校舎の窓ガラスを、ガシャン、ガシャンと割っていったという。実は、次男は、教頭先生の監視下に置かれていた生徒（裏番長）であった。

しかし、そのサッカー推薦で、大学にも進学している。私の記憶では、次男が、必死に受験勉強をしている姿を、見たことがない。まあ、高校では、それなりの成績をとっていたようだが……。

長男が、高校生の時、宮前警察署へ引き取りにいったことがある。警察署から出てきた長男へ、私は、細かいことなど聞かずに、「これからは、気をつけろ」と、一言だけ言ってやった。

また、長男が、高校入学とともに、「オートバイの免許を取りたい」と言った。私は、我が家は、父さんの兄貴が、ソリに乗って凍りかけた川に突っ込んで死んでいること、爺ちゃんは、オートバイの事故で死にそうになったこと、父さんは、二度の交通事故で、完全に死にそうになったことを話し、

「我が家の男には、そういった傾向があるけど、その覚悟があるならオートバイに乗ってもいいぞ」

と脅かすように言った。結局、原付バイクから始まった長男のバイク歴は、次に二百五十cc、最後は四百ccのオートバイを、三十歳過ぎまで乗り回していた。この間、小さな事故を、一度だけ経験している。

長女は、三歳からピアノを習わせ、六年生で鼓笛隊に入り、ピッコロを担当した。中学でも、吹奏楽部でピッコロを担当して、川崎市の大会などで金賞に輝いたことがある。

妻は、娘を、音楽大学へ進学させたいという思いがあった。そして、県立高校への推薦入

学の面接試験時に、入学後は、吹奏楽部への入部も希望していた。ところが、彼女は、吹奏楽部ではなく、軽音楽部へ入部したのである。私は、その時、両手を打って叫んでいた。

「よし、とうとう本音が出たな。本当にやりたいことをやったほうが、才能は絶対に伸びていく」

しっかりと娘を応援したのだが、妻は、ほんの少し寂しい顔をしていたようだった。軽音楽で組んだ女子三人のバンドは、神奈川県で優勝し、東京大会へ進出したが、そこでは、賞には、入らなかったようだ。その後、彼女は、短大へ進学した。

私は、決して父親として強制することなく、むしろ子どもたちが、自分で決めて行動することを応援した。

あとは、自分の背中を見せて教育するしかなかった。この自叙伝の冒頭でも書いたが、すでに、社会人として働いている三人とも、こんな私を、自慢の父親として、尊敬してくれている。

私の使命

平成四年九月、三十二歳で、九年間務めた印刷会社を退社した。そして、当初のレストランではなかったが、印刷業に関連する、企画・デザイン・版下製作で、独立して仕事を始めた。

この期間、世間は、バブルが弾けたあとで、戦後最悪の不景気であった。普通なら、商売など始める人間は、いないかもしれない。しかし、私は、三十二歳で独立すると決めていた。不景気なのは、世間が、勝手になっているのだ。妻にも、心配と迷惑をかけたが、私は走り出したのである。

「サラリーマンのほうが、よかった」

と妻が、呟いたこともあった。

その二年後、平成六年に、有限会社リバティープリントという印刷会社を設立して、代表取締役に就任した。そして、会社発展のために頑張り出したのだ。

この頃、テレビのニュースは、相変わらず「いじめによる自殺」を伝えていた。そんなニュースを見て、私が、たまらず声を出した。

「しかし、まだ中学生なのに、自ら命を絶つなんて、もったいないないなぁ」

「ほんとだね。死ぬしか道は、なかったのかしら」

妻が答えた。

「俺なんか、半分死んじゃったけど、命があったおかげで、こんなに幸せになれたもんな」

「そうだね」

「命の尊さを伝えるため、俺、自叙伝でも書いちゃおうかな」

「そんなもの書いても、売れるわけないジャン」

妻が言ったこの言葉に、私は、カチンときた。いや、逆に発奮したのである。人は、自らの信念に、反作用を受けると発奮する。果たして、我が妻が知恵を使い、私を発奮させるために「売れるわけない」と言ったのか、それは定かではないが、とにかく私は、妻に感謝しながら、自叙伝の執筆を開始したのである。

しかし、私は、作家ではない。机に向かって文字を書いている時間は、限られている。しかも、仕事は印刷という締め切りに追われ、時には、徹夜することもあるのだ。仕事以外の時間、空き時間を見つけては、大学ノートに書きためた。そのうち、ノートを持ち歩き、銀行での待ち時間、車の移動での赤信号待ち、トイレの中などと、常に、空き時間ができれば、ノートを出して書き込んでいった。

そんな平成十年十二月、私は、川崎市長より自立更生障害者として表彰された。社会は、自立した一人の人間として、認めてくれたのだと思う。

自叙伝の筆を起こして、七年が過ぎた時、自叙伝「命ある限り」を書き終えたのだ。それから、何社かの出版社との交渉が始まる。

ある出版社は、「出す価値はある」と副編集長が、我が家に来て言ってくれた。ところが、生き様が強いので、もっと弱く書いてもらいたいとの注文を受ける。真実を伝えたいと、そこを断り、別の出版社から、二〇〇一年七月十五日に出版したのである。出版日には、商売上、繋がりのあった地元、武蔵新城の書店で、出版サイン会を開催した。情報誌やＦＭラジオなどでの宣伝効果もあって、当日は、二百冊以上の売り上げで、サインもしっかり書かせてもらった。

出版してみると、それなりの反響があり、私は、小中高校などから、命の尊さを伝える講演会の依頼を受けるようになった。

まず、講演では、自分自身の体験を語り、二十歳の両足をなくして生き残ってしまった時の、心の葛藤を伝える。

「医師から、三日の命、助かっても植物状態と宣告された自分が、まだ、生きていると実感した時、心の奥底から喜びが込み上げたのです。翌日に、両足のない事実を知り、本当に驚き、失敗したと感じました。しかし、命があったのだから、この両足のない自分にしかできないことがあるはずだと、未来を信じて、生きる決意をしたのです」

それから、その決意のまま人生を開拓した実績を語ってから、

「目の前の現実が、どんなに厳しくとも、生きている限り、絶対に未来は拓けます」

と訴える。ここまで話したあと、今度は、私から子どもたちへ質問をする。

「では、ここでみんなに質問をするね。本当の勇気とは、何だと思いますか?」

「挑戦すること」、「負けないこと」、「信念を通すこと」、「逃げないこと」

など、子どもたちからは、さまざまな答えが返ってくる。私は、その答えを聞いてから、自らの考えを発表する。

「みんなが、言ったことは、間違いないと思いますが、私が考える本当の勇気は、弱い自分を乗り越えることだと思います」

「へえー」

子どもたちの感嘆の声が、聞こえた。

「実は、私が車椅子に乗って、街を歩いてると、たくさんの人に見られます。小さな子どもは、「お母さん、あの人、足がない」と言って指を差します。すると、お母さんが、指を差すのはやめなさいと、手で押さえます」

この時、私は、いよいよみんなの注意を引くため、車椅子のキャスターを上げて、クルリと一回転する。

「おおお～」

私は、子どもたちの歓声が起きてから、さらに話し出した。

「みんなに見られて恥ずかしいと思い、家に閉じこもってしまえば負けです。その弱い自分を乗り越えると、両足のない私でも、こんなに幸せになれるんだ。どうぞ、この姿を見てください、という思いになるんです」

子どもたちは、真剣な顔で聞いている。それを見ながら、また、私が声を出した。

「だから、君たちも、勉強するのがイヤダ、あいさつするのがイヤダ、朝起きるのが辛いとか、そんな弱い自分を、乗り越えてください。わかりました?」

「はーい」

誓いの言葉が返ってきた。

「では、次の質問をします。一番大切なものは、何だと思いますか?」

子どもたちが、手を上げて答える。

「愛だと思います」、「友情」、「勉強」、「お金」

などなど、また、さまざまな考えが並んだ。私は、笑顔でうなずきながら、思いを語りはじめた。

「いろんな答えをありがとう。確かにそれぞれが大切なものです。しかし、一番大切なものは「命」です。どんなに頭がよくても、お金があっても、最高のゲームを持ってても、命がなければ、すべての価値がなくなります。命があってすべてに価値が生まれます」

子どもたちの目が、大きく見開いた。それは、本当に命が大切なものだと、納得した証に思えた。

「だから、命が一番大切だとわかったら、他の人の命も大切なんだよ。それがわかったら、殺人も戦争も、絶対に起こらないと思います。今日から、命が一番大切であると思って、頑張ってください」

そして、講演の最後に、

「命ある限り、希望はあり、希望ある限り、必ず道は拓けます」

との言葉を送り、講演を終了する。

一つの中学校から始まった、「命の尊さ」と勇気と希望と感動を伝える講演会は、大きな反響を広げ、あちこちの小中高校から依頼を受けるようになる。講演を繰り返す中、私が作詞、義兄が作曲した「未来はあるさ」を録音したＣＤを、講演後に、聞いてもらうようになっていった。すると、こんな校長先生もいた。

「そのＣＤを、貸していただけませんか。昼休みに、放送で流して生徒へ聞かせたいのです」

その学校へ、ＣＤを置いてくると、生徒たちから、

「あの歌、最高です」とか「『未来はあるさ』、どこに売ってるのですか」

などの問い合わせがあったという。

生徒たちからは、必ず講演の感想が送られてきた。この感想文には、子どもたちの感動が書かれていた。そして、その感動の中、もっとたくさんの人たちへ、私の話を聞いてもらいたいとあった。この感想を、読者にも目を通してもらいたいが、個人情報保護法があるため掲載は、控えさせていただく。その代わり、私の娘が、小学五年の時に書いた作文「私のお父さん」をここで紹介したい。これは、川崎市より優秀賞を受賞した作文で、もちろん、娘には、許可を得ている。

「私のお父さん

車イスで生活しているのを見て、ふつうの人よりも何倍もの力を、使って生活しているのがとてもかわいそうだと思います。私のお父さんは、十五年前くらいに、二回の事こにあっ

て、車イス生活になりました。最初は、お父さんも慣れるのは、大変だったと言います。けれど、これからの人生の友になるのは、車イスだと思い、一生けん命がんばったそうです。車イスの仲間たちとも、コミュニケーションをとり、楽しいこともたくさんあったと言ってました。今では、かいだんをのぼるのも、雨の日に外出するのも大丈夫です。

ある日、私が、お父さんの車イスで遊んでいました。でも、あまりコントロールがきかなくて、石がたくさんあったところにいってしまいました。だから、車イスの人たちは、本当に大変だと思いました。今度、十月十八日に、お父さんは、神奈川国体で、聖火ランナーをすることが、決まりました。その会議に行ったら、ガリガリに、やせ細った人がいたそうです。もちろん、車イスの人もいたそうです。耳の聞こえない人も、目の見えない人もいたそうです。さまざまな人の中で、一番目立っているお父さん。お父さんは、車イスでも堂々としています。お父さんも、一人の人間です。耳が聞こえない人だって、目が見えない人だって、体がマヒして動けない人だって、みんな一人の人間です。お父さんのように、堂々としたほうが、いいと思います。

私の願いは、車の走っていない道路を、増やしてほしいし、だんがなく目の見えない人でも、足でわかるぐらいの高さにしてほしいし、かいだん五だんぐらいの高さにしてほしいです。それが、私の願いです。みんなで、協力し合い、力を合わせて不自由な人も、不便にならないようになってほしいです。

川崎市立末長小学校　五年四組　須藤英子」

すべての感想に目を通していくうち、自殺未遂を繰り返した女生徒からの、

「命の尊さがわかりました。もう、二度と自殺はしません」

との言葉に、触れた瞬間、

（ええっ！　こんな俺の話で、ここまで決意してくれるのか。よかった。本当によかった）

と私自身が、大きな感動に包まれ、唇が震えたのを覚えている。

（俺の体験を聞いて、ここまで命を変えてくれるなんて大感動だ。しかし、もし、足のある俺が語っても、彼女は、ここまで思ってくれただろうか？　いや、足のない俺が話したから、彼女は変わったんだ）

はっ！　とした私は、東海大学病院で両足のない事実を、聞かされた日の夜を思い出して

いた。

あの時は、自分の心が、厳しき現実についていけずに、悔しさが込み上げた。

その地獄の底で、自らを激励した言葉は、

「両足のない俺にしかできないことを、信じるしかない」

であった。その言葉を思い出した瞬間、私は、大きな声で叫びたくなった。

（両足をなくして生き残ってしまった意義は、ここにあったのか。俺には、この身体と自らの体験で、命の尊さを語ることに、使命があるんだ。よし、俺は、命の尊さを語り、たくさんの人たちへ、勇気と希望と感動を伝えていこう）

人は、目的が決まると、その達成へ向かって努力を始める。例えば、百メートル走は、ゴールへ向かって全力の努力をする。その間に、文句や愚痴など言っている暇などない。マラソンは、四二・一九五キロ先のゴールへ向け、弱い自分と強い自分との闘いがあるが、努力は惜しまない。

私は、厄年と言われる四十二歳で、天命を知ったのである。命の尊さを語る講演会は、さらに反響を広げ、川崎ボランティアセンター、社会福祉協議会、民生委員研修会、羽村市ＰＴＡ連合会、多摩区区民祭、高津区青年会議、川崎ホテル協会、ＮＥＣ向河原工場、ＮＥＣ本社、老人会、川崎市主催の講演会などと講演する場所が、拡大されていった。

当時、小さな印刷会社（従業員五人）を経営していたが、時間を調整しながら、自らを広報していった。複数の講演会企画会社の講師として、名前を列ねるようになり、インターネットなどの効果もあって、出版より七年間で関東地方を中心に、遠くは仙台、福島、大阪、富山など、二百五十か所以上、五万人強の方々へ、命の尊さと勇気と希望と感動を伝えてくることができた。

独立、仕事について

平成四年、当初の夢だったレストランではなかったが、印刷業に関する、企画・デザイン・版下製作で独立して仕事を始めた。写真植字機を購入して自宅の一室を事務所にした。最初の頃は、勤めていた印刷会社から、版下製作の外注を請けおった。スライド一枚の版下製作は、一枚五千円から八千円で取り引きされ、細かい図になると一枚一万円の売り掛けとなった。四十枚から五十枚を制作すれば、三十五万から四十万円の売り上げとなる。しかし、ここには経費が発生していて、十四キロメートル離れた元の勤務先へ受注と納品を繰り返すには、それなりの燃料費を消費した。

「もっと近くに、営業先を開拓しよう」そんな思いから、自分の暮らす川崎市高津区、中原区あたりの印刷会社やデザイン事務所などを探した。そして、車椅子に乗って、両足のない姿さらけ出しの、飛び込み営業を開始した。

まず、体育館ほどの大きな工場を持つ、印刷会社を訪ねた。

「こんにちは、はじめまして。私は、リバティーアートの須藤と申します」

事務所に、社長はいなかったが、居合わせた営業の方に、名刺を渡して、このようにあいさつをして帰路についた。

「企画・デザイン・版下製作をしております。何かございましたら、ご連絡ください。すぐに、参上いたします」

車を運転して、次の営業開拓先へ向かった。

私は、せっかく足がないのだから、この姿を武器にして営業先を回った。つまり、私に一度会った人は、インパクトが強過ぎて、絶対に忘れられなくなる。そして、次に、小雨が降っている時を選び、二度目の訪問をする。

すると、相手は、(この前、来た人が、今度は、雨に濡れながら、訪ねてくれた)と思う。ほんの少しの感動で、「この人に、仕事を出そう」と思ってもらえるのだ。こんな感じの開拓営業で、六社より受注が入るようになっていった。ある大手の印刷会社より、ディスカウントショップの週一・日替わり折込広告の版下製作の依頼があり、週五万という安定収入になるため、引き受けることにした。毎週、月曜日に原稿が入り、版下を制作して、お客さまと校正のやり取りをする。この作業を木曜の午前中までに終了させて、次の工程へ回さなければ、日曜朝刊の折込広告には間に合わなくなる。だから、週前半は、比較的徹夜が多かった。

また、年末年始には、印刷工場が休暇になるため、年末までに三週間分の版下製作をしなければならない。つまり、一週間で、いつもの三倍の仕事となる。本当に、まる二日間、就寝することができなかった。

二年が経過した時、私は、こんなことを考えはじめていた。

（下請け業者より、元請け業者になったほうが、利益率もいいし儲かるな）

確かに、現状は、印刷会社、デザイン事務所の六社からの受注だけだった。元請け業者になれば、印刷物を発注したいすべての方々が、顧客となる。元請け業者になりたい、強い決意に変わっていった。

ちょうど、その頃、定年退職を迎えた私の父親が、やることもなく、自宅で暇そうに過ごしていた。一緒に暮らす母親からは、こんな言葉が聞かれた。

「おじいちゃんね、最近は、昼間からお酒飲んでるんだよ。このままじゃ、アル中になって早く死んじゃうんじゃない」

「そうだな。仕事をしないと、酒が美味くないと言ってたけど、最近は、昼間っから飲んでるんだ。何かアルバイトでも、やればいいのに」

そう答えた私は、（あっ！）と一瞬、心の中で何かが閃いていた。その思いを、まず、妻の京子へ相談した。

「オヤジなんだけど、最近、昼間っから飲んでるらしいぜ」

「へー、そうなんだ。まあ、何もすることがなければ、そうなっちゃうかもね」

「んー、だけど、このままじゃ、七十歳になる前に、死んじゃうよ」

「そっか、どうしようかね」

「お袋と話してる時に、俺、閃いたんだけど、オヤジに昼間、仕事させようと思うんだ」

「ええっ！　どんな仕事？」

「実家の応接間を工場に改築して、印刷機を入れて、オヤジに印刷させるんだ」

「大丈夫？　お父さん、できるかな」

「大丈夫だよ。よし、俺が説得するよ」

父親を、説得すると、暇を持て余していたのか、すぐにやる気になってくれた。商業地域にある実家を改造し、中古の印刷機で、Ａ３の大きさまで印刷できる機械を一台、カード印刷機を一台購入して、半年間、職人としての練習が始まった。その間に、有限会社リバティープリントとして、印刷会社を設立したのである。

そして、いよいよ受注開始となった時、世間は、年賀状シーズンとなっていた、二千枚の年賀状カタログを印刷し、地域へ投函すると、わずか二か月で八百人以上の注文が入った。母親も、オヤジが昼間から酒を飲まないために、助手として手伝ってくれた。こうしてリバティープリントは、私が、代表取締役となり、妻が経理、工場に二人、その後、営業が一人が加わり、五人の小さな印刷会社として営業していった。結果、父親は、七十八歳まで天寿を全うした。

版下製作時代から付き合いのあった、大手の印刷会社のブレーンとなり、さらに、何社かの印刷会社とも、互いのブレーンとして協力し合った。さらに、リバティープリントのチラシを作り、商業地域の各店舗へ投函すると、面白いように受注が入った。携帯電話の流行に伴い、携帯電話を取り扱う店舗オープンのため、新聞折込用チラシ十万枚の受注があり、百八十万円の売り上げとなったこともあった。

こんな形で、何とか会社を維持していったが、印刷業界にも過渡期が訪れたのである。それまでは、写真植字機で版下を作り、製版をして、オフセット印刷機で印刷をした。完成までに手間がかかり、職人の手作業が必要であった。ところが、パソコンと高性能のコピー機の出現で、誰でも印刷できる時代となっていく、現在、年賀状は、自分で印刷する時代である。将来に希望が持てなくなった時、大手の印刷会社が倒産した。結局、十四年間、印刷会社を続けたが、後半は、厳しい経営となるばかりだった。

おわりに

十四年間経営した印刷会社を、平成十九（二〇〇七）年十二月に解散した。

そして、四十八歳の車椅子に乗った壮年が、再就活を始めたのである。幸いにも、大手の会社へ、障害者枠で平成二十年に入社。もしかして、障害者じゃなかったら、四十八歳で入社などできなかったに違いない。就職後、妻としみじみと語り合った。

「本当に、一級の障害者で、よかったね」と。

会社員となる時、会社側から、講演会活動は控えていただきたいと言われ、十二年間、使命を果たさずにきた。しかし、もう、定年退職した身である。

今は、フリーの身として、日本国内はもとより、全世界を舞台に、命の尊さを訴える講演会を、再開することを誓っている。全世界の人たちが、命が一番尊いものだと認識した時、殺人も、戦争も、いじめなどもなくなるに違いない。また、人殺しの武器など造ることに、罪の意識を感じ、誰も造らなくなるだろう。

私は、己の人生を計算しようとしても、あまりに波乱万丈で、答えなど出せなかった。ところが、両足を失い、一種一級の障害者となり、身体が半分になったお蔭で天命を知ることができた。両足をなくしたのは、何のためかが、明確になったのだ。だから、最後は、二分の一で正解だったのである。

私は、今日も、生きていることへの感謝と歓喜を胸に、命の尊さを語りに、全国、世界へと飛び出していく。これから先、また、厳しき現実が目の前に現れるかもしれない、それでも、私は、命ある限り、希望を持ち続け、明日へと生きていく。

毎年、九月九日には、我が家の仏壇で、亡くなった彼女たちに回向しながら、

「ここまで人生を開拓してきたよ」

と報告をしている。その報告は、四十回を数えている。

（なお、本文中に登場する人物名は、一部仮名にしてあります）

ここで、私が書いた詩を紹介したい。もちろん、メロディーもついている。

「未来はあるさ」

作詞　須藤義之
作曲　渡辺朝之

一

今人は　それぞれの道を　歩み続ける
僕たちの決めた　道のりは　自らの証
嵐の日　目も明けられずに　立ち止まる
負けるとは　自分を諦め　辞めること
言葉の掛け合い　励ましあい
心の置き場　見えるかも
命ある限り　君の夢　未来はあるさ
命ある限り　未来へと　きっと夢は叶うはずさ

二

君の道　僕のゆく道は　さまざまだけど
お互いの　幸せ信じて　エールを送る
暗闇の石に　躓いて　倒れても
悲しまず　歓喜の涙を　流したい
言葉の掛け合い　励ましあい
道に　明かりが　灯るかも
命ある限り　君の夢　未来はあるさ
命ある限り　未来へと　きっと夢は叶うはずさ
命ある限り　君の夢　未来はあるさ
命ある限り　未来へと　きっと夢は叶うはずさ
勇気をもって……

エピローグ

妻から夫へ

私が、初めて、あなたに会った時のことを思い出しても、あなたがどんな顔をしていたのか、どんな話をしたのか思い出すことができません。まさか、そんな人と結婚するなんて思ってもいませんでした。私は、二十四歳の時、都会に憧れ、夢見て東京に出てきました。

しかし、田舎にいる時と同じで、遊んでいる時は楽しかったけれど、アパートに帰ると虚しさしか残らず、仕事にも意欲が持てず、彼とも別れ、田舎に帰りたくても両親の反対を押し切ってきたため、帰ることもできず、一瞬自殺の文字も頭をよぎりましたが、その勇気もなく落ち込んでいる時に、思い出したのが、あなたでした。

切符の裏に書かれた電話番号と名前だけを、頼りに電話をして、二年ぶりに再会することができました。

川崎市、武蔵新城駅で待ち合わせをして、迎えにきてくれたあなたは、車椅子に乗り義足をつけていましたね。電話で両足のないことを、聞いていましたが、車椅子のあなたを見た時、

（あっ、足があるジャン）

って思うほど、両足がないことが信じられませんでした。

そして、両足がないことよりも、もっと信じられなかったのは、あなたの明るさです。

（なんでこんなにも明るいのだろう。なんて前向きに生きてる人なんだろう）

と思いました。

その後、何回か会っていくうちに、あなたに引かれていく私がいました。「交際してほしい」と言われたらどうしよう。そんなことを考えるようになりました。でも、それは、障害者だからということではなく、普通の女の人が、恋をして悩むのと同じように、その言葉を本当は待っていたのです。

結婚を前提とした交際が始まり、私は、あなたに相応しい女性になりたいと必死で、あとをついていきましたが、あなたの何に対しても前向きな姿勢と意欲的な態度に、ついていけ

なくなり、あなたには、もっと相応しい人がいるのではないかと思うようになりました。

別れたいとは思いませんでしたが、あまりにも近くにいてお互いの必要性が薄れてしまっているのではないかと思い、少し距離を置いて考える時間がほしかったのです。お互い本当に必要なら、絶対に別れることはないと思っていました。

縁とは、本当に不思議なものですね。前日には、二人の関係を見つめ直そうと、私から口火を切ったのに、両親から、反対されればされるほど、

（この人と結婚したい）

という気持ちが強くなりました。親からもらった三回の電話で、結婚が決まってしまうとは思いませんでした。

今、振り返ってみると昨日のことのように思いますが、結婚して三十五年が過ぎましたね。

覚悟を決めて結婚したはずなのに、私に、負担が掛かってくると、

（どうして足のない人と、結婚してしまったんだろう。あなたに足があったらな）

と思うこともたびたびありました。でも、足があっても何もしない人だっている。そう思

えば足があっても、なくても同じじゃないかと思い直し、今日までやってきました。

今では、社会人となった三人の子どもたちがいます。長男の雅之は、あなたの代わりに何でも手伝ってくれているし、長女・英子も次男・正義も、普通の家庭と変わりなく、いえ、それ以上に明るく元気に成長してまいりました。本当に不思議に思うのは、成長の過程で、常に両足のないお父さんを、誇りに思ってくれたことです。これから先、まだまだ、三人がそれぞれに家庭を持つまで、気を抜けませんが、今は、あなたと結婚して本当によかったと思っています。

すでに、私たち二人の両親は、他界しておりませんが、私の両親が、最晩年に、

「義之との結婚を、許して本当によかった」

と私にも、あなたにも言ってくれました。私たちは、人生に勝利したのですね。最後に、私からあなたへ「ありがとう」、そして、「これからもよろしくお願いします」の言葉を送ります。

須藤京子

[著者紹介]

須藤義之（すどう　よしゆき）

1959年北海道生まれ。9歳の時に神奈川県川崎市に転居。

高校卒業後、調理師専門学校に進学。夏季休暇にオートバイ事故を起こし、全身11か所を粉砕骨折。1年間の療養生活を送った後に復学する。

1980年4月、調理師として就職するも、同年9月、大型トラック3台と激突する交通事故で両足を失う。その後、神奈川身体障害者職業訓練校でデザインを学び、印刷会社に就職。1984年に結婚、3人の子どもに恵まれる。

1992年に企画・デザイン・版下制作で独立し、1994年に有限会社リバティープリント設立。

2001年、いじめによる自殺増加を憂い、最初の自叙伝を出版。全国250か所以上で、命の大切さを訴える講演会を行なう。

2007年に会社を解散、大手企業に再就職。

還暦を迎えたのを機に、YouTubeチャンネルなどを通じて、「生命尊厳」のメッセージを若者に伝える活動に再び取り組んでいる。

二分の一になった俺　はたちで両足を失った男の自叙伝

発行	2021年6月25日　初版第1刷　1500部
定価	1300円＋税
著者	須藤義之
装丁	上浦智宏（ubusuna）
発行所	現代企画室 〒150-0031　東京都渋谷区猿楽町29-18-A8 Tel. 03-3461-5082　Fax. 03-3461-5083 http://www.jca.apc.org/gendai/
印刷・製本	中央精版印刷株式会社

ISBN978-4-7738-2103-1 C0036 Y1300E